Berlie Doherty

Cher inconnu

Traduit de l'anglais
par Anne Krief

Gallimard

Titre original : *Dear Nobody*
Édition originale publiée par Hamish Hamilton Ltd, Londres, 1991

Peut-être désirons-nous tous partir au bout du monde ou très loin dans l'espace, pour y découvrir un pays inconnu et tenter d'y vivre. Ce récit est une sorte de voyage, mais un voyage dont j'ignore encore la destination.

Tout a commencé en janvier dernier, un soir où il tombait du grésil. Ce n'est pas très vieux. Pourtant, je n'étais qu'un gamin à l'époque. Nous sommes le 2 octobre, et c'est le jour que j'ai choisi pour commencer à écrire, à ouvrir une porte sur le passé. Cette porte mène à une chambre, dans une maison située dans une petite rue non loin du centre-ville. J'aperçois de ma fenêtre les lumières des milliers de maisons, qui brillent sur les collines et la vallée de Sheffield. C'est ma chambre, elle est remplie de toutes sortes d'objets hétéroclites : mon train électrique rangé dans des boîtes sous mon lit, mes affiches et mes photos, pâles témoignages de mon enfance révolue. Dans mon armoire, il ne reste plus que quelques tee-shirts, un pull trop étroit, mon vieux survêtement. Cette chambre n'est déjà plus la mienne.

J'avais fini de préparer mon sac à dos, prêt à partir le lendemain pour Newcastle. Je le descendis au rez-de-chaussée et le laissai dans l'entrée. Je ne tenais pas en place; il était trop tôt pour aller se coucher, mais il n'y avait rien d'autre à faire pour occuper ce temps interminable séparant aujourd'hui et demain, ma vie d'avant et celle à venir. D'une certaine manière, je la redoutais un peu, cette nouvelle vie, sachant que rien ne serait jamais plus comme avant. L'idée d'être tenu de dire au revoir me rendait malade. Ce serait tellement plus simple de partir comme ça, de n'avoir qu'à franchir la porte de ma chambre pour me retrouver dans celle d'un étudiant, avec mes affiches déjà punaisées au mur et ma guitare posée sur mon lit.

Vers 8 heures, mon père monta avec un paquet pour moi. Il resta sur le seuil et balaya la chambre du regard.

– Tu as préparé tes affaires, Chris?

L'idée de dire au revoir à mon père m'était insupportable.

– Tu vas être obligé de rouvrir ton sac: tiens, on t'a apporté un cadeau d'adieu.

Il m'effleura l'épaule en posant le paquet sur mon lit. Je savais que ça allait être dur pour lui aussi. Je l'écoutai descendre l'escalier, prenant appui sur la rampe à cause de sa mauvaise jambe, et faisant craquer le bois à chaque pas. Je reconnus aussitôt l'écriture sur le paquet. C'était celle d'Helen. Je repensai à la dernière fois où je l'avais vue ; à son visage, à la douleur que j'avais éprouvée. Je défis le paquet et en étalai le contenu sur mon lit. C'étaient des lettres. Je les examinai, l'une après l'autre, sans comprendre de quoi il s'agissait. Elles commençaient toutes de la même manière : Cher inconnu… Un sentiment de tristesse m'envahit. À une époque nous avions été tout l'un pour l'autre. Était-ce donc tout ce que j'étais pour elle aujourd'hui ? Un inconnu. J'entrepris de les lire, dans l'ordre, en essayant de comprendre ce qu'elle avait voulu dire. Cela me ramena en arrière, au mois de janvier dernier. Comme je le disais, c'est là que ce voyage a commencé.

Janvier

Janvier dernier. C'est le genre de journée qui ne commence jamais vraiment, où le jour ne semble pas vouloir se lever et où la nuit tombe en plein après-midi, replongeant la ville dans le sommeil. J'étais chez Helen ; nous étions tous les deux, seuls, allongés sur le grand canapé ; nous écoutions de la musique, lisions et nous embrassions sans arrêt. Helen dit qu'elle devait monter dans sa chambre et se leva, faisant glisser sa main de la mienne en me souriant. Je ne voulais sous aucun prétexte qu'elle me quitte un seul instant. Je la suivis dans sa chambre où je mis de la musique, très bas. Elle avait suspendu au mur des écharpes de soie bleues et vertes qui se soulevaient au moindre souffle. Était-ce le choix de la musique, ou bien l'étrange pénombre de la pièce dont les rideaux étaient encore ouverts, avec ces ailes de phalène qui se gonflaient par intermittence ? ou alors était-ce la façon dont elle me regarda, à la fois interrogative et souriante, en s'approchant de moi ? Je l'ignore. Peut-être que ce dont nous n'avions jamais osé parler avait pris forme en nous au cours des semaines passées et nous apparaissait soudain brusquement, de façon irrésistible. Tout ce que je sais, c'est que nous n'avions rien calculé. Ni l'un ni l'autre n'avions pensé que cela pouvait nous arriver. Mais, ce soir du mois de janvier, dans cette maison déserte baignée par la pâle lumière de la lune, aux accords de notre morceau de musique préféré, Helen et moi, nous nous sommes caressés comme jamais nous n'avions osé le faire et nous avons fait l'amour.

Ensuite, il me fut impossible de la regarder sans sourire. Son père et sa mère rentrèrent des courses en s'accusant mutuellement d'avoir oublié quelque chose pour le dîner, puis Robbie rentra à son tour, trempé et affamé, et se fit gronder pour son retard. Helen et moi restâmes dans la cuisine à boire un café, main dans la main, en essayant de ne pas nous regarder.

– Tu crois qu'ils peuvent s'en apercevoir ? articulai-je.

Elle détourna la tête, un éclat malicieux dans le regard, et se leva pour aider sa mère à ranger les produits ménagers et les jus de fruit sans sucre. Je la regardai déposer les paquets sur la paillasse de l'évier. La fenêtre me renvoyait son reflet chaque fois qu'elle s'en approchait, deux Helen qui marchaient l'une vers l'autre puis se séparaient au gré de ses déplacements de la table à l'évier. Je voulais qu'elle se retourne et me sourie. Elle savait que je la regardais, tout comme je savais que j'étais le centre de ses pensées, malgré son bavardage. Ce fut en la suivant ainsi des yeux que je compris que le centre de ma vie s'était déplacé. Pendant des années, mon père avait été au centre de tout. À présent, c'était un peu comme s'il s'était retourné en se caressant le menton d'un air songeur, à son habitude, se rappelant brusquement une tâche urgente, et qu'Helen avait pris sa place en souriant.

– Je meurs de faim, déclara Robbie. Qu'est-ce qu'on mange ?

– Rien du tout, répondit Mme Garton avec humeur. Tout ce que ton père a pensé à acheter, c'est de la bière pour sa répétition avec ses chers musiciens !

– PQ, annonça Robbie en vidant le contenu d'un sac en papier. Javel. Produit à vitres ! J'ai une faim de loup !

– As-tu écrit ta lettre, Helen ? demanda soudain M. Garton.

Helen rougit et porta la main à sa bouche.

– Oh non, j'ai oublié !

– Tu as oublié ! s'exclama-t-il d'une voix rendue stridente par la surprise. Tu as oublié !

– Qu'a-t-elle donc oublié ? s'enquit Mme Garton.

– Oh, rien, sans doute la chose la plus importante de sa vie, c'est tout. Son acceptation. Mais comment as-tu pu oublier ça, Helen ?

Helen me jeta un regard furtif, un regard accusateur, puis détourna les yeux.

– Je vais le faire tout de suite, dit-elle. Il n'est pas trop tard.

– De quoi s'agit-il ? demandai-je.

J'avais seulement compris qu'Helen avait bouleversé son père, qu'il avait l'air outré et déçu et que, d'une certaine manière, tout cela était ma faute.

– Oh, rien du tout, répondit M. Garton, la gorge nouée. L'Académie de musique propose à mademoiselle d'entrer dans sa classe de composition, et mademoiselle oublie de répondre pour accepter. Voilà.

– Je vais le faire tout de suite, je t'ai dit, répéta Helen au bord des larmes. J'ai jusqu'à demain, papa.

– Je ferais mieux de rentrer, déclarai-je.

– Je crois que oui, dit Mme Garton, les bras croisés, nous regardant l'un et l'autre alternativement.

Helen m'accompagna jusqu'à la porte.

– Je suis désolé, Helen, chuchotai-je.

– Ça va... Mais c'est tellement important pour papa. Presque autant que pour moi.

Je l'enlaçai. Pour moi, cela signifiait qu'en octobre nos chemins se sépareraient : j'irais à

Newcastle et elle à Manchester. Mais le mois d'octobre était encore loin.

– Il pleut, dit-elle. Tu veux un pépin ? Je peux te passer le jaune que ma grand-mère m'a offert pour Noël. D'ailleurs, tu peux le garder. J'ai l'air d'une jonquille avec.

– Non. J'adore la pluie… Je t'aime, Nell, ajoutai-je en me raclant la gorge.

– Helen, ferme cette porte ! On gèle là-dedans ! cria sa mère.

Helen me poussa sur le perron et tira la porte sur elle. Elle leva les bras et les glissa autour de mon cou. Je pouvais sentir l'odeur de ses cheveux.

– Je voudrais que tout recommence, dis-je. Tout de suite.

– Tu ferais mieux de partir.

– Je n'ai pas envie.

– Nous pourrions peut-être passer toute la nuit ici, sous la pluie, proposa-t-elle. Mais mes cheveux vont se mettre à friser et tu ne m'aimeras plus.

– C'est bon, tu as gagné. Je t'appelle.

Je partis, dansant à reculons, tandis qu'Helen restait un instant la main levée, dans la lumière de l'encadrement de la porte. On aurait dit qu'elle prenait la pose pour une photo. Je m'en souviens encore. Puis elle ferma la porte. Il faisait nuit noire. Le grésil s'était mêlé à la pluie qui tombait obliquement comme de petits éclats de verre acérés. J'ouvris la fermeture Éclair de mon blouson et courus le visage renversé en arrière, la bouche ouverte. L'idée insensée d'aller courir nu dans le parc me passa soudain par la tête. J'aurais traversé ainsi, nu comme un ver, Endcliffe Park, je serais monté jusqu'à Wiremill Dam et Forge Dam, jusqu'aux balançoires et aux toboggans où je jouais quand j'étais petit, et encore plus haut, toujours plus haut, jusqu'à la lande. J'y emmènerai Helen, quand il neigera. J'emmènerai Helen et nous nous coucherons dans la neige épaisse, et nous nous tiendrons chaud.

Une voiture s'approcha, m'éclaboussant les jambes. Le chauffeur – c'était une femme – klaxonna. Je tournai la tête en remontant ma fermeture Éclair et jurai. Elle klaxonna de nouveau et se pencha par la fenêtre ouverte, côté passager.

– Grimpe, dit-elle. Tu es trempé jusqu'aux os.

Je grimpai, ravi à présent d'être au chaud.

– En principe, je ne monte jamais en voiture avec des inconnues.

– Il faudrait se lever tôt pour avoir envie d'enlever un petit maigrichon comme toi, Chris !

Elle regarda dans son rétroviseur avant de se remettre en route. C'était l'heure de pointe. Le grésil frappait le pare-brise, réfractant en milliers d'éclats les lumières de la ville.

– Je ne voudrais pas te détourner de ton chemin, dis-je.

– Il n'en est pas question. J'ai dans le coffre du fumier à livrer à ton père. Tu peux le rapporter chez toi, si tu veux. Ça m'économisera de l'essence.

Je calai ma tête contre l'appui-tête et fermai les yeux. J'eus soudain l'envie incongrue de chanter. J'aurais tellement aimé lui parler d'Helen.

– Je crois qu'il est temps que je t'appelle Jill, non ?

– Tu me ferais plaisir. Je n'ai jamais aimé me faire appeler « tata ». Pour moi, une « tata », ça doit vous tricoter des pulls et vous inviter à boire le thé.

– Je suis un neveu frustré. Je savais bien que quelque chose ne tournait pas rond dans ma vie. (Je bâillai de satisfaction.) Je suis crevé, murmurai-je en me laissant emporter par une vague de sommeil irrépressible. Je suis très fatigué.

Je fermai les yeux.

Je téléphonai à Helen dès que j'en eus la possibilité. Je voulais simplement entendre sa voix. Je souriais béatement, sans rien dire, et j'étais certain qu'à l'autre bout du fil Helen souriait elle aussi.

– Qu'est-ce que tu fais ? demandai-je enfin.

– Je souris.

– J'en étais sûr.
– Qu'est-ce que tu fais ?
– Je te souris.
– Helen, j'ai besoin du téléphone !
C'était la mère d'Helen. Elle faisait ça chaque fois qu'on se téléphonait.
– Il faut que j'y aille, Chris. On se voit demain ?
– Nous partons en excursion à Rotherham.
– Rotherham ? Nous, on part à Genève avec l'école, pour Pâques.
– Et nous, on va voir *Beaucoup de bruit pour rien*, au théâtre.
– Helen !
– J'arrive, maman. À plus tard, Chris.
Je restai encore un instant à écouter la tonalité, imaginant Helen en train de monter l'escalier tapissé de moquette verte, entrer dans sa chambre, tirer les rideaux, en regardant peut-être pendant quelques instants le grésil tomber dans la lueur des réverbères.
– Tu es adorable, tu es tellement gentille, murmurai-je en raccrochant.
– Merci, mon fils, dit mon père qui surgit derrière moi. Je pensais que tu ne t'en apercevrais jamais. Et la vaisselle, Chris ?
Je rejoignis mon frère dans la cuisine. Guy avait rempli l'évier de produit à vaisselle et il ne manqua pas de m'asperger de mousse à mon entrée. C'était son grand jeu.
– Arrête, lui dis-je en l'aspergeant à mon tour,

avant de lui poser sur la tête un paquet de mousse, au moment où il se retournait pour prendre un torchon.

– Tu peux faire les casseroles, dit Guy. Elles ont toutes attaché ; ça t'apprendra à rester des heures au téléphone.

Il s'activait dans la cuisine avec sa pyramide de mousse blanche au sommet du crâne et, derrière ses lunettes, ses yeux pétillaient d'intelligence.

– Papa ! m'écriai-je. Il neige dans la cuisine, tu as vu ?

– Ravissant, remarqua papa en passant. Charmante coiffure, Guy.

En passant devant notre père, le torchon sur l'épaule, Guy se vit dans la glace. Roulant le torchon en boule, il me le jeta à la figure ; je repris de la mousse au creux de la main et la lui glissai dans le cou. Nous criions comme des fous. Guy est un vrai sac d'os. On a l'impression de se battre avec un tas de cintres. Le chat bondit vers la chatière, rentra aussi sec après avoir vu qu'il pleuvait, et fila à l'étage.

– Ce n'est pas bientôt fini, vous deux ? cria papa. Vous avez deux ans d'âge mental !

Guy m'enduisit encore le menton de mousse blanche, ce qui me faisait une espèce de barbe.

– Très drôle, Guy…, dis-je, sans chercher à ôter cette mousse qui tremblotait lorsque je parlais.

Nous étions tous les deux à bout de souffle, mais j'aime bien me bagarrer avec Guy.

– Ces enfantillages ne m'amusent plus du tout, ajoutai-je.

– Ah, oui, et depuis quand ?

– Ça me regarde, répondis-je en tapotant l'aile de mon nez.

J'aurais aimé lui faire un clin d'œil, mais au lieu de cela je fermai les yeux. Guy cligna de l'œil à son tour, sans rien comprendre, et je lui sautai dessus.

– Les casseroles ! hurla papa du salon. Vos devoirs !

Je libérai Guy qui grimpa dans sa chambre pour faire sa dissertation et je me défoulai sur les casseroles. J'entendais en sourdine les cassettes de Guy ; il a un goût abominable en matière de musique, il va falloir que je l'éduque un de ces jours. Je finis de nettoyer les casseroles et laissai tremper la plus brûlée, bien qu'elle trempât déjà depuis trois bons jours, après mes désastreux haricots au curry transformés en charbon de bois. Helen devait être en train de faire ses maths, dans sa chambre, ses livres étalés tout autour d'elle, le menton au creux de la main.

Je restai un moment avec papa, le temps du journal télévisé de 9 heures. La pièce empestait quelque peu le fumier, car Jill et moi en avions transporté quelques sacs dans la cour. Durant le dîner, j'avais eu envie de dire quelque chose à papa et, à présent que nous étions seuls, je ne savais pas comment m'y prendre.

– Il n'est question que de politique aujourd'hui, commençai-je.

– Tu devrais t'y intéresser, répondit papa.

Il avait une façon bien à lui d'avancer la lèvre inférieure et de la caresser du bout des doigts lorsqu'il regardait les informations. Guy prétendait que c'était la raison pour laquelle il ne supportait pas de regarder les nouvelles.

– Un jour, ça fera partie de ton programme, tu sais. C'est de l'histoire.

J'émis un grognement.

– Et ça se passe en ce moment même. C'est ça, l'histoire, Chris.

– Laisse tomber, papa. On ne nous parle que de ça à l'école.

– J'espère bien. C'est la seule chose qui compte, tu sais, ce qui arrive aux gens. Moi, je te laisse ton « top 50 ».

– Je monte.

– Déjà ?

– Oui, je suis crevé.

Je ne lui avais pas parlé, et cela me navrait. Mais il est difficile de dire les choses qui ont vraiment de l'importance, je ne sais pas pourquoi.

– Il va falloir que je vous achète un lave-vaisselle, murmura papa.

J'ai écrit une chanson pour Helen. J'ai trouvé quelques accords sur ma guitare, puis je les ai joués en mineur. J'ai écrit un autre couplet et je l'ai chanté en prenant appui avec un pied sur mon lit, pour pouvoir balancer en rythme ma guitare sur mon genou. Le dernier couplet était tellement formidable que je le chantai de nouveau, un peu plus fort cette fois. Guy lança un livre contre la cloison, et le chat redescendit à toute allure au rez-de-chaussée et se cogna dans la chatière. Je notai par écrit tous les accords pour ne pas les oublier, puis j'introduisis une cassette vierge dans mon magnétophone et chantai ma chanson d'un bout à l'autre, grattant doucement ma guitare avec le pouce. Il faudrait que je l'enregistre de nouveau demain, en jouant plus piqué, mais j'aurais besoin d'un médiator neuf. Je me servais de l'attache d'un sachet de pain de mie, mais elle venait de se casser. J'essayai sur un autre ton. C'est Helen qui m'a appris tous les accords que je connais. J'ai eu envie de savoir jouer comme Jimi Hendrix, comme ça, du jour au lendemain. Je décidai de déposer la cassette dans la boîte aux lettres d'Helen en allant à l'école.

Il était presque minuit. Je descendis au rez-de-chaussée. Allongé sur le canapé, papa regardait un film à la télévision.

– Tu ne devrais pas regarder des trucs pareils, lui dis-je. C'est dégoûtant.

– Je ferme les yeux quand ça devient cochon.

– Papa, que s'est-il passé entre maman et toi ? demandai-je, étonné moi-même de poser cette question.

Sur l'écran, la femme me regarda d'un air complice et me murmura quelque chose. Étant donné la manière dont j'avais marmonné, je crus que papa n'avait pas entendu ma question. S'il m'avait demandé de la répéter, je crois que j'en aurais été incapable.

– Tu sais très bien ce qui s'est passé.

On aurait dit qu'il attendait que la femme reprenne la parole.

– Elle m'a quitté.

– Oui, mais pour quelle raison ?

Papa me foudroya du regard, à deux doigts de me prier de me mêler de mes affaires. Je ne lui en aurais pas voulu. Puis, grimaçant, il se contorsionna de façon à retrouver la position assise, au prix d'un gros effort, apparemment, comme un vieillard souffrant d'un lumbago.

– Elle a rencontré un type qui était plus jeune que moi, avec un peu plus de cheveux sur le caillou, qui portait des pulls très chics et lisait tout plein de livres. Elle a alors pensé qu'elle l'aimait mieux que moi et elle est partie.

Il fixa un moment l'écran de télévision. La femme avait un long visage triangulaire de serpent. Elle agitait la langue à chaque éclat de rire.

– Elle est partie, tout simplement, reprit papa d'un ton calme. Elle s'est tirée. Un soir, je suis rentré tard du boulot, crevé, et je l'ai trouvée là dans l'entrée avec son manteau, et le type était là aussi. (Il se pencha en avant pour remettre une de ses chaussures. Il était en train de la relacer, ou je ne sais quoi, je ne voyais pas son visage.) Alors elle m'a dit qu'elle partait.

– Tu ne le connaissais pas ?

– À vrai dire, je le connaissais, répondit papa. Très peu, naturellement. Mais je l'avais vu une ou deux fois.

Nous fixâmes tous les deux l'écran de télévision. Je n'osais pas regarder mon père. J'avais l'impression, maintenant qu'il était lancé, qu'il ne pourrait plus s'arrêter. On aurait dit qu'il parlait tout seul. Du coin de l'œil, je le voyais se caresser la lèvre. Je n'osais pas bouger. À la télévision, le film continuait.

– Je ne me suis douté de rien. Évidemment, c'est ce que ta mère détestait chez moi : elle disait que je n'avais aucune imagination.

Il eut un petit rire sec. À l'écran, le couple se disputait. Un gros plan nous montrait la femme en train de pleurer.

– Tu crois que ce sont des vraies larmes ? demanda papa. À mon avis, ils doivent utiliser de la glycérine, ou quelque chose dans ce genre. Son maquillage ne coule pas, et pourtant elle doit en avoir des tonnes, avec tous ces projecteurs.

– C'est bien tout ce qu'elle a sur elle, dis-je en pouffant nerveusement.

– Curieusement, je ne savais pas à quel point j'aimais ta mère jusqu'à ce jour où elle m'a dit qu'elle me quittait. On aurait pu croire que je la haïrais. C'est ce que j'ai fait plus tard. Il n'est agréable pour personne d'être quitté. Je l'ai haïe parce qu'elle ne voulait plus de moi. Et parce qu'elle brisait une famille. Je ne voulais pas voir arriver cela, et je ne pouvais rien pour l'en empêcher. Quel âge avais-tu à l'époque ?

– Dix ans. Et Guy, six.

– Tu vois... Guy pleurait et réclamait sa mère tous les soirs. Comment expliquer les choses au petit ? Et toi... « Maman, où est maman ? Où est maman ?... » toutes les cinq minutes. Comment t'expliquer qu'elle ne reviendrait plus ? Alors, ça m'a aidé d'être capable de la haïr. Mais je vais te faire une confidence, Chris, qui va peut-être te choquer : j'ai souhaité sa mort tous les jours.

Le film fut brutalement interrompu par des publicités tonitruantes. Une ribambelle de champignons hilares traversait une table en dansant pour se précipiter la tête la première dans un bol de soupe.

Mon père se pencha en avant, captivé par les champignons. Il tripotait son bracelet-montre, le tournant et le retournant sur son poignet, comme s'il le serrait.

– Si elle avait été morte, vois-tu, cela aurait été plus facile à supporter. On arrive toujours à s'arranger avec la mort. Il y a l'enterrement, les fleurs, les larmes. Ç'aurait été terrible, mais au moins, j'aurais été certain qu'elle ne serait jamais revenue et que je ne l'aurais jamais, jamais revue. Je me serais fait à ma vie, avec vous, les garçons. Mais quand la personne est encore vivante, il y a toujours une chance pour qu'elle revienne, et ça, on y pense presque tout le temps. Je voulais qu'elle revienne, malgré toute la haine que j'avais pour elle.

Je sentis ma gorge se serrer. Je voulais que papa se taise. Je voulais aussi éteindre la télévision, mais je n'osais pas. J'avais peur du silence, peur d'avoir à regarder de nouveau papa et de lui parler normalement. Je restai sans bouger, la tête renversée en arrière, les yeux fermés. Je distinguais quand même les taches lumineuses qui dansaient sur l'écran. La voix de papa m'endormait.

– Je pensais à elle, qui passait du bon temps avec ce type bien mis et cultivé. Et je savais qu'elle ne pourrait pas être heureuse. Pas vraiment. Je savais qu'elle souffrirait mille tourments. Aucune femme ne peut abandonner ses enfants et faire comme si de rien n'était. Ça a dû être horrible pour elle.

Un petit air joué à la guitare se fit entendre. À la télévision, l'homme et la femme marchaient main dans la main le long d'une plage qui ressemblait à celle de Brighton.

– On croit qu'on est le seul à qui cela arrive, jusqu'au jour où on va au pub et on se met à en parler. Ça fait réfléchir. De quoi s'agit-il au juste ? De l'amour ? Je ne sais pas ce que c'est, l'amour... sinon une escroquerie destinée à perpétuer le genre humain, un point c'est tout.

– Pourquoi ne t'es-tu pas remarié ?

– Aïe ! fit papa en agitant la main comme s'il s'était brûlé.

Il éteignit brusquement la télévision alors que la femme à la tête de serpent tendait les lèvres vers un autre baiser, et alla à la cuisine. Je l'entendis remplir la bouilloire.

– Ovaltine, Chris ?

Je le rejoignis dans la cuisine sans me presser et, les mains dans les poches, m'adossai négligemment au chambranle de la porte.

– Dis, papa, je me demandais, tu n'aurais pas l'adresse de maman, par hasard ?

Papa sortit deux tasses du placard. C'est lui qui les avait fabriquées, dans la cave. Un jour, il arrêterait de travailler et vivrait de sa poterie. Il renversa un peu de poudre d'Ovaltine à côté de la tasse, la nettoya soigneusement puis nettoya toute la table autour, avant de me répondre :

– Oui, je dois l'avoir quelque part.

Je sortis la bouteille de lait du réfrigérateur et la lui tendis. Le chat s'approcha de lui et l'observa patiemment.

– Pourquoi ? s'enquit papa.

Il repoussa le chat du bout du pied et rangea la bouteille de lait.

– Je pensais que je pourrais peut-être aller la voir un de ces jours, répondis-je du ton le plus naturel possible. Bonne nuit, papa.

Je pris ma tasse et montai l'escalier lentement, tout en buvant à petites gorgées. J'étais incapable d'essayer d'expliquer pourquoi je voulais revoir ma mère après toutes ces années ; je savais seulement qu'il y avait peut-être un rapport avec Helen. Je crois que j'aurais voulu la présenter à ma mère.

J'écoutai encore une fois la cassette. Helen occupait toutes mes pensées. Je me couchai, sans réussir à trouver le sommeil tant je pensais à elle. Un nouveau couplet me trotta dans la tête. Je décidai de redescendre me faire des tartines de confiture et d'écrire ma chanson.

Papa était encore là, dans le salon, sa tasse d'Ovaltine froide dans les mains, le regard rivé sur le grésil qui venait frapper les vitres.

Février

Je ne pense pas que j'aurais osé poser ces questions au sujet de ma mère s'il ne s'était rien passé entre Helen et moi. J'avais un peu l'impression de regarder par un trou de serrure dans une partie ignorée de ma vie. Je voulais savoir maintenant quel genre de personne était ma mère ; même si cela devait faire mal, il fallait que je sache. Un jour, quand mon père était un jeune homme et elle une jeune fille, ils s'étaient aimés. Je savais qu'il était né dans cette maison où nous habitons, et qu'il avait dû s'occuper de ses parents, ici même, jusqu'à leur mort. Comment ma mère, jeune mariée, avait-elle vécu tout cela ? Elle était plus jeune que lui. Cette maison lui semblait-elle hantée par des fantômes ? De vieux meubles, des tapis élimés, des photographies jaunies ; le fauteuil de grand-père ; le service à thé de grand-mère ; la ménagère en bois ciré ; la pendule à carillon. Je n'ai pas connu mes grands-parents, mais les traces de leur présence sont bien toujours là.

En essayant d'imaginer ma mère dans cette maison, c'était un peu comme si j'entrais dans une pièce obscure avec une chandelle et que je découvrais les choses pour la première fois parce qu'elles m'apparaissaient sous un jour nouveau. Il ne restait aucune trace du passage de ma mère dans cette maison, aucune.

Il m'a fallu des jours pour lui écrire. Helen m'a aidé, puis nous avons recommencé la lettre et l'avons encore réécrite un bon nombre de fois.

– Es-tu certain de ne pas faire une bêtise ? me demanda Helen. Ça ne va pas la faire revenir, tu sais. Pas après toutes ces années.

Mais je ne tenais pas à la faire revenir. Je voulais simplement la revoir. Je crois que je voulais croire en elle, à son existence. La mère dont j'avais gardé le souvenir était quelqu'un qui me lisait des histoires le soir et me tenait par la main pour traverser la rue. Elle n'avait plus sa place dans ma vie aujourd'hui. C'est un peu comme si elle n'existait plus pour moi.

Je gardai cette lettre « poche restante » pendant quelques jours, jusqu'au moment où Helen décida de la poster à ma place. Au bout de quinze jours, j'abandonnai tout espoir de recevoir une réponse. Après tout, je ne représentais rien pour ma mère. Je n'étais qu'un grain de poussière qui s'était envolé. Mais quand, au bout d'un mois, la lettre arriva, je n'avais plus qu'une idée en tête : la montrer à Helen. Nous devions sortir ensemble ce soir-là, nous promener sur la lande et aller boire un verre ensuite. Ma lettre était cachée au fond de ma poche, comme un secret qui attend d'être partagé.

Il devait y avoir une éclipse totale de lune, prévue à 18 h 52. Ce fut un échec sur toute la ligne. Le ciel était entièrement couvert, il bruinait et Helen était d'une humeur massacrante.

Nous avions pris un bus jusqu'à Fox House, de manière à voir l'éclipse loin des lumières orange de la ville. Nous grimpâmes le sentier jusqu'à la lande, sous Stanage Edge. Dans l'obscurité, on entendait le piétinement des moutons dans les bruyères détrempées.

– Je ne sais même pas de quel côté on est censé regarder, se plaignit Helen.

– Essaie en l'air, dis-je en l'enlaçant. Un quart de million de kilomètres au-dessus de ta tête.

Elle se dégagea de mon étreinte. Ces sautes d'humeur ne lui ressemblaient guère.

– J'ai froid, j'en ai marre, je n'ai pas dîné, et tout ça pour rien.

– Il paraît que ça ressemble à une énorme boule rouge, dis-je. Ce doit être extraordinaire, non ?

– Mouais…, répondit-elle du bout des lèvres en s'engageant dans un sentier si raide et caillouteux qu'elle ne cessait de se tordre les chevilles.

Je l'entendais pester.

– Tu as l'intention d'y passer la nuit ? me cria-t-elle.

Je la rattrapai et glissai sa main dans ma poche.

– Tu imagines un peu, voir le lever du jour ici ! Et si on y passait la nuit, un de ces quatre ? proposai-je, enthousiasmé à cette idée.

Helen descendait la colline comme un automate, la tête baissée, et je dus passer devant elle pour qu'elle s'arrête.

– On apporterait une tente, Helen, et on assisterait au coucher du soleil et on verrait la lune et les étoiles se lever. Et le lendemain nous verrions l'aube poindre..., le ciel devenir tout rose et doré...

– Et nous nous pointerons à l'école comme des zombies et nous dirons à maman que nous avons raté le dernier autobus.

– On ira en juin. On peut fort bien dormir dans la bruyère, nous n'aurons même pas besoin de tente. Il n'y aurait que nous...

– Et quelques moutons qui viendraient nous mordiller les doigts de pied.

– Nous pourrions y venir quand le jour est le plus long. Je connais une grotte..., on ira y dormir.

– En attendant, rentrons manger quelques

haricots, coupa Helen en me repoussant. Je meurs de faim, Chris. Je t'assure, j'ai tellement faim que j'en ai mal au cœur.

Une fois dans l'autobus, je lui montrai la lettre. J'avais attendu en vain le moment propice pour partager ce plaisir avec elle. Je la dévisageai, guettant sur son visage la joie que j'avais moi-même ressentie ce matin à la vue de cette lettre glissée sous la porte. J'avais su tout de suite de qui elle était sans avoir à regarder le cachet de la poste. Je crois même que j'avais reconnu l'écriture de ma mère : une écriture qui, de loin, a l'air très artistique et de près ressemble à des gribouillis illisibles. Elle était arrivée juste avant mon départ à l'école, de sorte que je l'avais glissée discrètement dans ma poche pour que mon père ne la voie pas. Je ne voulais pas lui faire de la peine, quoi qu'il advienne. Je la lus à l'école pendant la récréation et, comme par hasard, mon copain Tom me vit faire et me l'arracha des mains. Il est tellement gamin parfois !

– Chris a reçu une lettre d'amour ! s'était-il écrié en l'agitant en l'air.

– Arrête ! dis-je.

Il faisait tout pour chercher la bagarre, mais je crois qu'il a dû comprendre à mon regard que je n'avais pas du tout envie de rire. Je le détestais véritablement à cet instant : je n'étais pas d'humeur à plaisanter.

– Rends-la-moi, Wilson !
– De toute façon, c'est illisible.
Il la jeta par terre pour m'obliger à la ramasser. Elle était passablement froissée. Moi aussi, à vrai dire. Tout au long de la journée je ne cessai de la lire et de la relire en cachette. L'écriture était franchement abominable. J'étais obligé de deviner la plupart des mots. J'essayai en vain d'imaginer ma mère. Je me rappelais seulement un manteau bleu avec des petits boutons de velours et l'air froid qui pénétrait avec elle dans la maison quand elle rentrait le soir.
– Tu veux la lire ? demandai-je à Helen dans l'autobus.
Je lui tendis négligemment la lettre, comme si j'attachais peu d'importance au fait qu'elle la lise ou pas, et guettai un changement d'expression sur son visage. Elle examina un instant la lettre avant de me la rendre.
– Elle est médecin, ou quoi ? Je n'arrive pas à lire un seul mot.
– Je vais te la lire : « Cher Christopher,… »
– Christopher ! C'est un peu cérémonieux, ça.
Ma voix tremblait. Je me raclai la gorge et pris une grande inspiration.
– « Merci pour ta lettre. Cela a été une grande surprise. Je suis désolée de ne pas t'avoir répondu plus tôt, mais je viens seulement de

rentrer des Alpes. Je ne sais pas si tu es au courant, mais je suis photographe professionnelle. Une maison d'édition m'a chargée d'illustrer un livre sur l'alpinisme. Je fais de l'escalade, bien sûr, avec Don. »

J'interrompis un moment ma lecture : le souffle me manquait.

– « C'est un travail formidable, qui va me prendre encore quelques mois, probablement. Viens donc me voir. Ce serait sympathique. Toutes mes amitiés, Joan. »

– Joan !

– Qu'est-ce qu'elle aurait dû mettre ? Gros bisous de maman ?

Je baissai de nouveau les yeux sur la lettre. J'avais tellement envie de partager ce plaisir avec Helen. Toute la journée j'avais attendu avec impatience le moment où je la lui montrerais.

– Qu'est-ce que tu en penses ? demandai-je.

– Je ne l'aime pas.

Helen me prit la lettre des mains. Elle était vraiment de méchante humeur.

– Mais tu ne l'as jamais vue !

– D'abord, je n'aime pas cette façon de t'appeler Christopher. Pourquoi pas Chris ? Christopher, c'est tellement cérémonieux, comme si elle ne t'avait jamais vu de la vie. Et pour finir, elle signe « Joan ».

– Je pensais que c'était une bonne idée, au

contraire. Une manière de dire : nos relations sont différentes aujourd'hui, soyons amis.

– Génial ! rétorqua Helen. Je disparais pendant huit ans, tandis que tu n'es qu'un moutard braillard, et on est amis maintenant que tu es un grand garçon.

Je regardai par la fenêtre. La nuque me brûlait.

– Il y a autre chose que tu n'aimes pas chez elle, pendant que tu y es ?

– Je n'aime pas cette manière qu'elle a de parler d'elle, et je suis photographe, et je fais de l'alpinisme, et j'ai des commandes, et tout, et tout.

– Elle n'en parle pas tant que ça.

– Elle ramène tout à elle. Il n'y a pas un mot à ton sujet. Comment se passent tes examens ? Comment va ton père ? Comment va Guy ? Avez-vous toujours le chat ? Tout ce qui l'intéresse, c'est elle.

Je repris ma lettre et la pliai lentement. Je la gardai à la main, regardant mon reflet dans la vitre de l'autobus et, au-delà, la nuit noire.

– Ma chère demoiselle Dédain, marmonnai-je.

– Elle veut te faire comprendre qu'elle n'a pas le temps de te voir.

– D'accord, d'accord…

– Tu me l'as demandé. Je te dis ça uniquement parce que tu me l'as demandé.

– Je regrette de t'avoir montré cette lettre aujourd'hui.

Helen toucha ma main.

– Tu ne devrais pas chercher à la revoir, Chris. Ça va te faire mal. Je l'ai toujours pensé.

– Ça me regarde, non ?

L'autobus déboucha soudain dans la lumière des maisons. Je me levai.

– Je te raccompagne.

– Tu n'es pas obligé.

– Je te raccompagne.

Nous marchâmes en silence, main dans la main. J'étais mécontent et assez perturbé, comme à deux doigts d'une dispute. J'aurais bien aimé savoir ce qui se passait dans sa tête. Il y a des moments où je ne la comprends pas. C'est ça qui est bien avec elle, mais elle n'est jamais comme cela, normalement. C'était comme si elle avait perdu toute chaleur. Nous avions eu notre première dispute le mois dernier, et pourtant c'était sans commune mesure avec son comportement d'aujourd'hui. J'étais le seul coupable, je le reconnais. Tout avait commencé quand nous étions tombés sur sa meilleure amie, Ruthlyn, qui nous avait dit au passage, et assez fort : « Tâchez de bien vous tenir cette fois-ci ! »

– De quoi parle-t-elle ? avais-je demandé.

Ruthlyn est le genre de fille qui adore mettre les gens mal à l'aise.

– Qu'est-ce que tu en penses ? avait répondu Helen, d'un ton plein de sous-entendus.

– Tu ne lui as pas raconté !

– Si, bien sûr.

J'étais suffoqué. Je me sentis trahi.

– Pas tout ?

– C'est ma meilleure amie, avait répondu Helen, comme si cela expliquait tout.

– Je ne vois pas le rapport avec nous.

– Je suis sûre que tu en as parlé avec tes copains. Les garçons se vantent toujours de ce qu'ils font avec leurs petites amies.

Je m'étais souvent vanté d'avoir été sur le point de le faire. Il est vrai que j'avais souvent donné l'impression de l'avoir déjà fait, beaucoup plus que dans la réalité. Mais je n'aurais jamais songé à parler de ce soir-là. Je voyais d'ici Tom en train d'en faire part à toute la classe. J'imaginais les mots qu'il aurait employés à notre sujet, nous rabaissant tous les deux, réduisant à peu de chose ce moment privilégié. Sous aucun prétexte je ne le lui aurais raconté : c'était un secret trop important pour être partagé.

– Eh bien, tu te trompes. C'est mal me connaître. Mais je ne t'aurais jamais cru capable d'aller raconter ça à tout le monde.

– Je n'ai pas dit que je l'avais raconté à tout le monde. J'ai dit que je l'avais raconté à ma meilleure amie.

Je me jetai sur cette querelle comme un chien sur un os, le secouant en tous sens pour en déchiqueter la viande, et le rongeant jusqu'à ce qu'il n'en reste plus une miette.

– J'imagine que tu en as aussi parlé à ta mère, dis-je.

Nous marchions l'un à côté de l'autre, les mains enfoncées dans les poches, sans nous regarder. Tout ce que je désirais, c'était la prendre dans mes bras, mais je ne savais comment faire.

– Eh bien, non, justement. Malheureusement, ce n'est pas le genre de mère à qui l'on peut tout dire. Tu sais combien elle est maladroite, Chris. Ruthlyn, elle, dit tout à sa mère.

– Alors je suppose qu'elle est au courant, elle aussi, à l'heure qu'il est.

– Je ne crois pas, non. Ça m'étonnerait vraiment. Sa mère n'a aucun besoin de savoir pour toi et moi. Chris…

Helen s'était arrêtée et avait posé la main sur mon bras. Je reçus comme une décharge électrique.

– S'il te plaît, Chris, ne m'en veux pas.

– Je fais ce que je veux.

À vrai dire, à présent que l'orage était passé, je m'aperçus que je commençais à jouer de ma colère. Je n'étais pas tout à fait prêt à jeter l'éponge.

– Tu sais, ce n'est pas parce qu'il y a quelque

chose entre nous que je t'appartiens, dit alors Helen, si doucement que je l'entendis à peine. Tu n'as aucun droit sur moi, aucun.

Et ce ton si calme me glaça, comme si elle était beaucoup plus âgée que moi et en savait beaucoup plus long. J'eus l'impression que je pourrais disparaître de sa vie, comme un rien, et qu'elle ne ferait pas un geste pour me retenir.

Et aujourd'hui, il me semblait que tout recommençait, comme si nous marchions sur une fine couche de glace craquelée qui menaçait de se briser, nous entraînant loin l'un de l'autre.

– Qu'est-ce que tu as ces jours-ci ? lui demandai-je.

– Rien.

– On dirait que je te dérange.

– Personne ne me dérange. Rentre chez toi, Chris. Laisse-moi tranquille.

Je haussai les épaules et continuai mon chemin, le nez en l'air, sifflotant d'un air insouciant.

– Ce n'est pas ta faute, Chris. Je me suis levée du pied gauche. Je n'aurais pas dû venir, mais comme on avait dit qu'on se verrait ce soir, je suis venue quand même.

Je voulais la réconforter et qu'elle me réconforte. J'aurais voulu que nous puissions recommencer cette soirée depuis le début.

Je l'interrogeai du regard, mais elle détourna la tête. Son visage semblait de bronze dans la lueur des réverbères, elle avait les yeux brillants. Nous étions arrivés à sa rue, une rue bordée de grosses maisons bâties au milieu de jardins privés, toutes fenêtres allumées, rideaux tirés. Je songeai à toutes ces familles qui vivaient leur vie, à toutes les maisons du monde, où des gens s'aimaient et se faisaient du mal, tiraient des rideaux tout autour d'eux.

Une fois chez elle, Helen laissa la porte ouverte et je la suivis à l'intérieur. La maison sentait la peinture. Helen enleva ses chaussures et je pensai à essuyer les miennes sur le tapis de l'entrée, ce que je ne faisais jamais chez moi.

Ted Garton, son père, chantait tout seul dans la cuisine. Il se contenta de chantonner en sourdine à notre entrée, comme s'il cherchait un nouvel air.

– Comment va la guitare, Chris ?

Il me demandait toujours cela, ne trouvant rien d'autre à me dire. C'est une veine que je joue de la guitare.

– Pas mal. Mais je préférerais qu'elle soit électrique.

– Quand est-ce que tu viens jouer dans mon groupe, hein ?

– Je n'arrive pas à faire les accords de jazz. Ils sont trop durs pour moi.

J'observais Helen, près de la fenêtre, qui soulevait ses cheveux et les laissait retomber sur ses épaules. Je voyais son reflet dans la vitre. « Elle est à des kilomètres d'ici, pensai-je. Où es-tu, Nell ? »

M. Garton s'assit en nous souriant, prêt à écouter nos bavardages. Nous restâmes silencieux. Helen, qui n'avait pas quitté la fenêtre, soulevait inlassablement ses cheveux. Je ne pouvais détacher les yeux d'elle. Je crus que mon regard la ferait se retourner vers moi. Je me sentais désarmé. Ted Garton s'éclaircit la gorge plusieurs fois et finit par comprendre qu'il était de trop. Puis il se remit à fredonner et se rendit dans la pièce du fond où il s'installa à son piano. Il allait bientôt être si absorbé par son jeu qu'il n'entendrait même pas les récriminations de sa femme Alice, ni les coups de sonnette des musiciens de son groupe que les autres membres de la famille feraient entrer.

– Parle-moi, Helen, dis-je.

Je m'approchai d'elle et la tournai vers moi en lui levant le menton pour la regarder. Elle ferma les yeux et pinça les lèvres d'un air à la fois buté et peiné. Je voulus d'un baiser effacer le chagrin, quel qu'il soit, mais elle baissa de nouveau la tête, et sa mère fit irruption dans la cuisine. Dans le regard furtif que je réussis à surprendre avant de la lâcher, je lus de la peur.

La mère d'Helen avait les cheveux, le nez, les lunettes et les mains constellés de petites taches de peinture. Elle portait une vieille chemise qui appartenait à son mari. Elle se laissa tomber sur une chaise et se déchaussa. Elle avait un trou à l'un de ses bas et replia le gros orteil pour le dissimuler.

– Je suis lessivée, déclara-t-elle. Mets donc de l'eau à chauffer, Helen.

– Je vais le faire, dis-je, tandis qu'Helen continuait de regarder dehors, dans le noir, sans bouger.

Je dus la pousser un peu pour atteindre l'évier.

– Si tu crois que ton dîner t'attend dans le four, ma fille, tu te trompes lourdement, annonça Mme Garton. Ce soir, c'était « chacun pour soi ». J'avais trop à faire.

– Je ne veux pas dîner, répondit Helen.

– Je peux te faire des haricots, si tu veux, proposai-je.

– Je n'ai pas faim, répondit-elle en haussant les épaules.

Elle s'assit, en face de sa mère, et entreprit de déchiqueter systématiquement les coins d'un set de table en paille, jusqu'au moment où sa mère se pencha pour le lui enlever des mains.

Je déposai deux tasses de café sur la table et retournai en prendre une pour moi sur l'égouttoir. Helen repoussa la sienne.

– Que se passe-t-il ? s'étonna sa mère.

– Je n'en veux pas, dit Helen. Je n'aime pas le café.

– Première nouvelle ! répondis-je en éclatant de rire. Tu en bois des litres !

– Je n'en ai pas demandé.

– Alors va l'apporter à ton père, dit Mme Garton. Ça le sortira peut-être de sa transe, avant que sa bande ne débarque.

Helen poussa un soupir et obéit. Mme Garton me jeta un coup d'œil, par-dessus le rebord de sa tasse. Je me sentis mal à l'aise. J'avais l'impression qu'elle essayait de fouiller mes pensées. J'étais toujours gêné lorsque je me retrouvais seul avec elle.

– Vous vous êtes disputés ?

– Pas que je sache.

– Ça m'en a tout l'air, pourtant, que tu le saches ou non, répondit-elle. Je n'arrête pas de me disputer avec Ted, et lui non plus ne s'en rend même pas compte. (Elle bâilla.) Ah, les hommes ! Ils ont le cuir épais. (Elle tourna sur elle-même pour regarder Helen qui rentrait dans la cuisine.) J'ai bien l'impression que tu nous couves quelque chose, toi. Tu as les yeux brillants. Tu es bonne pour une grippe.

– C'est possible, approuva Helen. Je crois que je vais me coucher tôt ce soir.

– Tu as raison, répondit Mme Garton avec satisfaction. Ça ressemble bien à un ordre de route, jeune homme, ajouta-t-elle en hochant la tête à mon intention.

Encore plus mal à l'aise, je m'agitai sur mon haut tabouret.

– Je termine mon café d'abord.

Elles étaient liguées contre moi.

Mme Garton se dirigea vers l'évier, se versa du produit à vaisselle dans les mains et les frotta vigoureusement avec un tampon gratteur.

– Tu as entendu ce qu'elle a dit, lança-t-elle le dos tourné, penchée au-dessus de l'évier. Elle est fatiguée. Avec tous ces devoirs… On ne peut pas sortir et préparer ses examens en même temps, c'est connu. Et tu ne devrais pas l'emmener se promener sous une pluie pareille. Elle aurait fort bien pu regarder cette éclipse à la télé. Tu lui prends trop de son temps, Chris. Elle a assez à faire avec ses devoirs.

Je jetai un regard anxieux à Helen, mais elle ne vint pas à mon secours. Elle semblait absorbée par sa rêverie. Les fissures de la glace s'étaient élargies, et elle s'éloignait de moi à vive allure, glissant sur les eaux ténébreuses.

– Parfait, finis-je par dire. Eh bien, je vais y aller…

Tout allait brusquement de travers. Même mes mains semblaient trop grandes pour mes poches.

Helen me suivit dans l'entrée. La porte de la cuisine était encore ouverte, et je pus entrevoir

Mme Garton qui reculait légèrement, comme pour essayer d'entendre notre conversation, heureusement couverte par les sons du piano. Je me sentis atrocement malheureux, un peu comme si c'était la dernière fois que je voyais Helen.

– Sors un instant, lui proposai-je.

Nous refermâmes doucement la porte derrière nous. Helen passa les bras autour de mon cou et posa sa tête contre ma poitrine. Mon cœur tressautait comme un oiseau.

– Que se passe-t-il ? chuchotai-je.

– Rien du tout. Rien, je t'assure.

– Tu es tellement bizarre. C'est affreux. J'ai eu l'impression que tu voulais me quitter.

Elle soupira. Je lui caressai les cheveux, quelque peu apaisé par la chaleur de son corps contre le mien.

– Tu me le dirais, n'est-ce pas, si tu voulais me quitter ? S'il y avait quelqu'un d'autre ?

J'avais la bouche sèche d'angoisse.

– Il n'y a personne d'autre. Ne dis pas de bêtises, Chris.

Elle parlait si bas que j'eus le plus grand mal à l'entendre.

– Alors qu'y a-t-il ?

Une voiture s'arrêta et deux hommes en descendirent en claquant bruyamment les portières. Ils portaient des instruments de musique dans des étuis.

– Je ne peux pas te le dire, murmura-t-elle.

– Tiens, tiens, c'est l'heure des câlins ? dit l'un d'eux, un gros barbu d'une quarantaine d'années dont le ventre débordait tant qu'il s'écrasa contre nous en passant la porte. Ah, vous avez bien raison, profitez-en. Ça me rappelle le bon temps !

Helen s'était de nouveau laissée aller tendrement dans mes bras.

– Vous dérangez pas pour nous, hein, continuez ! dit l'autre homme en me faisant un clin d'œil.

– Vous en faites pas, murmurai-je, rageant contre eux.

– Je dois couver une grippe, comme l'a dit maman, dit Helen en se dégageant. Je n'irai pas à l'école demain.

– Je passerai te voir.

Un autre musicien apparut sur sa moto pétaradante.

– Non, répondit Helen. Attends-moi à la sortie de l'école mercredi.

– Mais c'est dans un siècle ! m'exclamai-je. (J'étais fou d'elle.) Je ne pourrai jamais attendre tout ce temps-là.

J'avais envie de lui dire toutes sortes de choses que personne d'autre qu'elle ne devait entendre mais sa mère surgit dans l'entrée, sa chemise maculée de peinture roulée sur l'épaule. Elle s'appuya contre le chambranle de la porte, les bras croisés, et regarda le motard arriver. Il monta sa moto sur la béquille et sortit deux baguettes de la sacoche.

– Comment as-tu fait pour caser ta batterie là-dedans ? demanda-t-elle.

– Ma voiture est fichue, répondit-il. Ce soir, Alice, je taperai sur des casseroles.

– Ça fera toujours plaisir aux voisins ! dit Alice en éclatant de rire tout en lui tenant la porte. Je croyais que tu voulais te coucher tôt, ma fille ? ajouta-t-elle en tapant sur l'épaule d'Helen.

– Alors, à mercredi, conclus-je.

Helen pressa ma main dans la sienne puis suivit sa mère et le batteur dans la maison. Quant à moi, je restai planté devant la porte fermée, pendant qu'on tirait les rideaux de la pièce où allaient répéter les musiciens et que s'allumait la lumière dans la chambre d'Helen. « Elle ne m'a pas regardé une seule fois, pensai-je. J'ai passé quatre heures avec elle, et elle ne m'a pas regardé une seule fois dans les yeux. Que se passe-t-il, Nell ? »

Lorsque je rentrai, mon père était dans la cave. Il remonta à la maison en s'essuyant les mains à son bleu de travail. Il tenait une tasse qu'il venait de faire.

– Tu ne trouves pas qu'elle est particulièrement réussie, Chris ? s'enquit-il.

– Superbe, répondis-je sans regarder l'objet.

Mon père eut l'air déçu.

– Elle n'est pas mal. Qu'est-ce qui te turlupine ?

– Rien.

Je plongeai les mains dans mes poches où je trouvai la lettre de ma mère, soudain aussi froide et déplacée qu'une poignée de glaçons en train de fondre.

– J'ai une dissertation à faire pour demain.

Je montai dans ma chambre et m'assis sur le lit pour relire la lettre. Helen avait raison : ma mère avait mis quatre semaines à me répondre et n'avait même pas songé à demander de mes nouvelles. Elle n'avait pas songé une seule fois en huit ans à prendre contact avec moi ; pour tout cadeau de Noël et d'anniversaire, elle s'était contentée de verser de l'argent sur le compte en banque de mon père. Elle avait pris soin de me faire remarquer combien elle était occupée, combien sa vie la comblait, qu'elle avait énormément de choses en commun avec son mec, comme si ça m'intéressait. Je regrettai de lui avoir écrit. Elle n'avait aucun besoin de moi, c'était évident. Heureusement que je n'avais pas choisi d'aller la voir chez elle ! J'aurais été ridicule. Qu'aurions-nous eu à nous dire ?

« – Bonjour, maman. Euh, pardon, bonjour, Joan. C'est moi, Christopher, dis-je à haute voix, essayant de prendre un ton désinvolte et enthousiaste, une voix grave, comme Tom.

– Comme tu as grandi ! répondis-je d'une voix haut perchée. Regarde, Christopher, ce sont mes nouveaux crampons. Et ça, c'est mon téléobjectif.

– Ils sont très jolis, Joan.

– Et voici Don.

– Bonjour, Don. Salut, Don. Comment allez-vous ? Vous avez beaucoup de cheveux ! Et beaucoup de livres, Don ! »

Je froissai la lettre et la jetai dans la corbeille à papier. Parfait, eh bien, si elle n'avait pas besoin de moi, je n'avais pas besoin d'elle non plus.

J'essayai plusieurs fois d'appeler Helen, mais apparemment elle n'était jamais disponible. « Elle travaille, Chris », répondait invariablement sa mère, comme si elle voulait que je me sente coupable. C'est vrai qu'elle travaille beaucoup ; ses parents ont toujours veillé à cela. Je crois qu'ils ont de l'ambition pour elle, et je pense qu'elle en a aussi. Je me demandai ce que ma mère aurait voulu que je fasse dans la vie : elle n'a jamais dû y songer une seconde.

Les jours suivants, la tempête fit rage. Alors que nous étions en train de regarder la télévision, le tapis se souleva en son milieu, comme s'il était porté par une vague. Le chat l'observa en agitant la queue, le poil hérissé, dressé sur ses pattes, prêt à bondir. Au cours de la nuit, nous dûmes transporter le matelas de Guy dans ma chambre car sa fenêtre sortit de ses gonds, malgré les kilomètres de sparadrap avec lesquels nous avions essayé de la maintenir fermée. Ça m'a fait vraiment plaisir de me retrouver dans la même chambre que Guy. Nous bavardâmes, assis dans nos lits, jusqu'à l'aube. La tempête mettait Guy dans tous ses états.

– Tu sais pourquoi il y a des tempêtes pareilles ? C'est à cause de l'effet de serre. On va dans la lune, on invente des puces pour ordinateurs, et maintenant on bouleverse le climat ! Tout ça, pour prouver la puissance de l'homme.

– Dis pas de sottises, pauvre môme, rétorquai-je. Tu parles sans savoir. Cela prouve au contraire l'impuissance de l'homme. Notre planète est vouée à la destruction, et nous n'avons pas les moyens de l'en empêcher. Tout est régi par le destin. Tout a été prévu.

– Comme un programme d'ordinateur ?

Nous finîmes par nous étendre dans nos lits, écoutant le vent qui mugissait comme une bête féroce en tournant autour des maisons. Cette nuit-là, le faîte de la cheminée s'écroula sur le toit, cassant plusieurs tuiles au passage avant de tomber dans la rue. Je m'éveillai en sueur. Je réalisai que j'étais en train de rêver d'Helen et, lorsque la cheminée est tombée, Helen venait de m'échapper et s'était brisée en milliers de petits fragments d'os ; je lui avais couru après, me baissant à chaque pas pour ramasser les débris. Je n'avais pour les envelopper qu'un manteau bleu avec des boutons en velours.

Je lui téléphonai avant de partir à l'école. Le rêve de la nuit me hantait encore, comme les images d'un film.

– Tu vas bien ?

Il y eut un long silence à l'autre bout du fil.

– Ça va ? insistai-je, affolé.

– Je ne sais pas.

– Que veux-tu dire ? Qu'est-ce qu'il se passe ?

– Viens me chercher à la sortie de l'école. Il faut que j'y aille, maman me fait la tête.

Elle raccrocha précipitamment et je filai ; j'étais en retard. Mes talons écrasèrent les débris de la cheminée, sur le trottoir. Je les repoussai dans le caniveau et courus à l'école, vent debout. Helen voulait bien me revoir : c'était tout ce qui comptait pour moi.

L'école d'Helen était à trois kilomètres de la mienne, en haut de la colline. Je grimpai la côte en courant sans m'arrêter et parvins aux grilles à bout de souffle. Je m'adossai au mur, haletant, attendant que ma respiration redevienne normale. Helen n'était pas là. Il n'y avait presque plus personne dans le secteur, mais je me dis qu'elle devait peut-être m'attendre à l'abri du vent, dans le bâtiment des classes de première. Cela me gênait un peu d'errer dans cette école qui n'était pas la mienne. J'y étais venu jouer au football lorsque j'étais plus jeune, et juste après avoir commencé à sortir avec Helen, j'étais venu la voir à un petit spectacle. À vrai dire, ce fut en la regardant évoluer ce soir-là que je m'aperçus qu'elle ne ressemblait à aucune des filles que j'avais connues. Je m'attendais à être gêné de la voir danser sur scène, devant tout le monde, mais il n'en fut rien. Je ne pouvais détacher les yeux d'elle. Je la contemplais, hypnotisé, comme s'il n'y avait qu'elle sur scène. J'avais l'impression qu'elle ne dansait que pour moi. Je crois que c'était le cas. Je me souviens du moment précis où j'ai eu ce sentiment. J'assistais au spectacle dans un état de béatitude totale. De cela, je ne soufflai mot ni à Tom ni aux autres. Après la représentation, elle s'était précipitée vers moi, ravie, et c'est là que j'ai décidé de lui parler.

– J'ai quelque chose à te dire, avais-je enfin risqué.

Elle avait fait volte-face, avant de revenir vers moi.

– Moi aussi, j'ai quelque chose à te dire, avait-elle répondu. Le professeur principal des premières veut que je passe l'examen de danse. C'est la première fois que l'école va présenter quelqu'un !

Elle tournait sur elle-même, aussi excitée qu'une gamine de huit ans. Je la suivis en dansant, tant sa joie était communicative, et c'est alors que je m'aperçus combien j'étais gauche avec mes grandes jambes, mes grands pieds et mes grands bras qui prenaient toute la place. Je riais sans retenue, tout comme Helen.

– Que voulais-tu me dire ? cria-t-elle.

– Je ne sais plus. Ce n'était pas important, mentis-je en chassant mes cheveux des yeux et en lui souriant.

Cela pouvait attendre. J'avais le sentiment que les occasions de lui parler ne manqueraient pas. Par ailleurs, je craignais un peu de me ridiculiser en lui faisant ma déclaration.

– En combien de mots ? avait-elle demandé, d'un air mutin.

– Trois.

Et elle avait ri avant de répliquer :

– Moi aussi, Chris… trois.

Helen n'était pas dans le bâtiment des premières. En revanche, son amie Ruthlyn s'y trouvait, adossée au mur sous un portrait du dernier proviseur, et sifflotait avec insouciance. Elle agita la main en me voyant et marcha à ma rencontre, arborant son large sourire en balançant son cartable à bout de bras.

– Que se passe-t-il ? demandai-je.

– Comment ça « que se passe-t-il ? » rétorqua Ruthlyn. Pourquoi devrait-il se passer quelque chose ?

– Ça se voit à ta tête. Où est Helen ?

– Oh, Helen... Elle est rentrée chez elle.

– Nous avions rendez-vous.

– Elle s'est sentie bizarre à l'appel de cet après-midi, et Mlle Clancy lui a dit de rentrer chez elle.

– Bizarre, comment ça, bizarre ? demandai-je en essayant d'avoir l'air aussi désinvolte que Ruthlyn.

Elle me sourit, les yeux pétillants de malice, comme si se sentir bizarre à l'appel de l'après-midi était ce qui pouvait arriver de mieux à Helen.

– Elle était un peu..., euh...

Ruthlyn agita les bras et tituba, faisant semblant de perdre l'équilibre.

– Tu vois ce que je veux dire...

– Ivre ?

Ruthlyn éclata franchement de rire et cala son cartable sous son bras.

– Non, simplement bizarre. Un peu bizarre. Alors elle m'a dit de te dire qu'elle pensait à toi et qu'elle te verrait bientôt.

– Je vais faire un saut chez elle, décidai-je, inquiet, ce qui déclencha aussitôt la colère de Ruthlyn.

– À ta place, je n'irais pas. Laisse-la un peu tranquille.

– Alors je vais lui téléphoner.

J'avais envie de m'asseoir.

– Ruthlyn, qu'est-ce qu'il y a ?

– Écoute-moi. Je vais demander à Helen de passer à la maison un soir, tu viendras aussi, et vous vous expliquerez.

– Ce soir ?

– Laisse-lui jusqu'au week-end. Je t'assure, Chris, elle a besoin d'un peu de repos et cela ira mieux.

Je sentais que Ruthlyn était désolée pour moi, ce qui était encore plus exaspérant. J'avais le plus grand mal à respirer. Jusqu'au week-end dernier, Helen et moi nous nous étions vus tous les jours pendant des mois.

– Je suppose que toi, tu as le droit d'aller la voir ? Je veux dire, tu n'as pas la lèpre, ou les pieds qui sentent, ou quelque chose que j'ai, moi, et qui leur est insupportable, à eux !

– Je vais passer la voir ce soir, répondit Ruthlyn. Au revoir, Chris.

Nous étions arrivés au coin de la rue où elle habitait. Un de ses petits frères se précipita en courant vers elle et lui sauta au cou.

– Hé ! Chris ! cria-t-elle tandis que je m'éloignais. Attrape !

Elle me lança un petit paquet.

Je l'ouvris, à peine tourné le coin de la rue.

C'était un petit recueil de poèmes d'amour écrits par Elizabeth Barrett Browning. «Bonne et heureuse Saint-Valentin, de la part d'Helen», était-il écrit sur la première page.

J'étais déjà allé plusieurs fois chez Ruthlyn, la plupart du temps pour des fêtes familiales. Tous les prétextes étaient bons pour jouer de la musique jamaïcaine et manger les plats épicés des îles. La mère de Ruthlyn était une espèce de géante très sympathique qui s'appelait Coral. Ruthlyn et ses petits frères et sœurs avaient l'accent de Sheffield mais Coral avait gardé celui de la Jamaïque. Ce doit être extraordinaire d'avoir une mère comme elle; elle est tellement gentille et chaleureuse. Elle n'arrête pas de parler, ou de chanter, quand elle est de bonne humeur.

– Tiens, voilà mon araignée! s'exclama-t-elle en m'ouvrant la porte ce samedi. Mais quand est-ce que tu vas te décider à me coller un peu de gras sur ces os, hein, dis-moi? Quand est-ce que tu vas te remplumer et te présenter à «Monsieur Muscle», hein, dis-moi, toi?

– Helen est là? demandai-je, inquiet, en regardant autour de moi.

La maison était pleine d'enfants hilares qui tous me dévisageaient par en dessous.

– Oh, elle est avec Ruthlyn. Crois-moi, elles ont des tas de choses à se dire.

– Ce n'est pas nouveau.

Je grimpai quatre à quatre l'escalier jusqu'à la chambre de Ruthlyn, impatient de revoir Helen. Une fois devant la porte, j'hésitai un instant avant de frapper, puis j'entrai. Les deux filles se turent instantanément. Helen venait de pleurer, cela se voyait. Elle était pâle et avait les traits tirés. Indécis, je restai à la porte.

– Tu vas mieux ? demandai-je.

Ruthlyn se leva.

– Bon, je vais faire du café pour tout le monde.

– J'ai horreur du café, dit Helen. Ça sent l'épluchure de pomme de terre.

Ruthlyn referma la porte derrière elle. Je me précipitai vers Helen et m'assis sur le bras de son fauteuil. Elle refusa de me regarder, et je ne sus que lui dire. Elle était renversée dans son fauteuil, les lèvres entrouvertes, les yeux résolument fermés. Je ne lui avais jamais vu cet air maladif et épuisé. Je lui pris la main : elle était glacée, inerte.

– Mais qu'as-tu ? C'est la grippe ?

Elle secoua la tête. Des larmes glissèrent lentement de sous ses paupières closes, sans qu'elle essaie de les retenir. Je les regardai couler interminablement, tout doucement, tels des ruisselets intarissables. Elle pleurait en silence. Je sentis mon cœur se mettre à battre douloureusement la chamade. L'angoisse me paralysa.

Mon rêve me revint en mémoire. Je revis la fissure dans la glace qui s'ouvrait et nous séparait. Je pris l'autre main d'Helen et les tins toutes deux serrées dans les miennes. J'avais l'impression de tenter de les ramener à la vie.

– Helen, qu'y a-t-il ?

Elle me répondit d'une petite voix sourde, apeurée et lasse, une voix qui ne lui ressemblait guère mais que je n'oublierai jamais de ma vie.

27 février

Cher inconnu,

À la maison, il y a un robinet de la salle de bains qui ferme mal. Maman dit qu'il suffirait de changer le joint. Il y a des fois où on ne l'entend pas du tout, et d'autres où il goutte toute la nuit, toc, toc, toc ; et ce bruit régulier, monotone et obsédant empêche tout le monde de dormir.

C'est un peu ce que je ressens à ton égard.

C'est comme si j'entendais les battements de mon cœur sans pouvoir les arrêter.

On dirait des bruits de pas dans la nuit.

Je ne sais absolument pas si tu es là ou non.

Mais l'idée que tu puisses être là est comme cette goutte qui goutte, goutte, goutte, jour et nuit, nuit et jour, régulière, monotone et obsédante, comme une pulsation qui refuse de s'interrompre, comme une horloge dont le tic-tac ne s'arrête jamais.

Enceinte, enceinte, et si j'étais enceinte ? Tic-tac-tic-tac-tic-tac…

La nuit, j'ai si peur que j'ose à peine respirer.

Je ne peux en parler à personne. Je ne peux rien dire à Ruthlyn. Je ne peux rien dire à maman.

Tu n'es qu'une ombre. Tu n'es qu'un murmure.

Tu es un robinet qui goutte jour et nuit.

Mais j'ai enfin parlé à Chris, enfin. Peut-être cela te chassera-t-il.

Laisse-moi tranquille.

Je ne veux pas de toi.

Va-t'en. Va-t'en, s'il te plaît.

C'était la première des lettres d'Helen à son cher inconnu, et en la lisant, j'eus l'impression d'entrer dans un cauchemar.

Mars

Il serait très difficile de décrire la confusion de mes sentiments en ce soir de février : le choc, l'étonnement, l'incrédulité se mêlaient à un profond soulagement de savoir qu'Helen n'était pas malade, qu'elle ne m'avait pas laissé tomber, ou pire encore. Je n'arrivais pas à croire ce qu'elle m'avait dit, mais je me sentais plus proche d'elle que jamais, responsable et protecteur. Puis je me sentis très mal. Je gardais la main d'Helen dans la mienne, tandis que Ruthlyn apportait un plateau chargé de café, de lait et de toasts. Son babillage flottait autour de nous ; je caressai les cheveux d'Helen, remarquant combien ils brillaient dans la lumière, si doux au toucher. J'aurais tellement aimé que Ruthlyn parte et nous laisse seuls tous les deux.

Je raccompagnai Helen chez elle en silence. Nous étions convaincus l'un et l'autre qu'il n'y avait rien à dire. Je la tenais par le cou.

– Tout se passera bien, tu vas voir, lui dis-je. Je reste avec toi, quoi qu'il advienne.

Ces mots m'étaient venus spontanément, sans que je sache au juste ce qu'ils signifiaient véritablement. En y repensant par la suite, je me sentis glacé et terrorisé, mais sur le moment, cela semblait la seule chose à dire, et je l'ai dite. Je n'arrivais pas vraiment à y croire, mais j'étais navré pour Helen qui avait l'air si malheureuse. J'aurais tout fait pour la réconforter.

Lorsque nous arrivâmes à la porte, Helen s'éloigna de moi et j'essayai de la retenir encore quelques instants dehors. Je ne voulais pas la laisser partir, ni me retrouver seul, dans le trouble où j'étais. Des nuages passèrent devant la lune comme de grands oiseaux, masquant et dévoilant alternativement le visage d'Helen. Elle avait l'air si juvénile.

– Je ne te fais pas entrer, dit-elle.

– Non. Je n'y tiens pas. Mais je ne veux pas te quitter non plus.

– J'ai été atroce avec toi, dit-elle. Je suis désolée : j'avais peur. Je ne savais pas quoi te dire.

– J'ai eu peur, moi aussi. Je croyais que tu voulais me quitter.

– Oh, Chris !

C'était difficile d'ajouter quoi que ce soit, après cela. Dans la maison, on allumait et on éteignait des lampes, on faisait couler un bain, quelqu'un descendait l'escalier.

– Il faut que j'entre, dit Helen d'une voix blanche.

Je ne pouvais pas la laisser partir dans cet état.

– Peut-être que tu te trompes. Il se peut que ce ne soit que l'angoisse. Il est encore un peu tôt pour savoir, non ?

– Je ne sais pas. Je n'en sais rien du tout.

– Je regrette de n'avoir pas été plus prudent…

– Tu n'es pas le seul. C'est ma faute aussi.

– Ce qu'on a été bêtes ! On n'est pourtant plus des gamins.

La porte s'ouvrit. La mère d'Helen déposa deux bouteilles de lait sur le seuil.

– Je n'aime pas trop vous voir traîner devant les portes, déclara-t-elle. Je te l'ai déjà dit, Helen.

Et Helen rentra précipitamment chez elle, trop émue pour me dire au revoir.

Les deux jours suivants, avant qu'elle ne me rappelle, furent cauchemardesques. Je n'osais pas sortir de chez moi, de peur qu'elle n'appelle en mon absence. Je n'osais pas lui téléphoner ni passer chez elle. Je restai des heures entières assis sur une marche de l'escalier près du téléphone, faisant semblant de lire, de me peigner, de caresser le chat, n'importe quoi. Papa me regardait sans rien dire. Je crois que j'aurais été bien incapable de tenir une conversation avec qui que ce soit. Notre téléphone émet un petit son juste avant de sonner. Lorsque enfin, je l'entendis, je décrochai immédiatement, sachant que c'était elle et ne voulant pas que quelqu'un d'autre lui parle avant moi.

– Tu as du nouveau ?

– Non, pas encore. Mais maman croit que je suis anémiée.

– Que dois-tu faire ?

– Eh bien, je peux soit manger des tonnes de prunes, soit aller chez le médecin pour qu'il me prescrive du fer. Alors je vais chez le médecin ce soir.

– On peut se voir après ?

– D'accord.

Je me rendis à pied au dispensaire, à côté de chez Helen, et m'assis sur le mur pour l'attendre. Sortant de la bibliothèque, un homme traversait la rue avec un petit groupe d'enfants ; il en avait un dans les bras, donnait la main à un autre, avec deux autres accrochés aux basques de son manteau. Ils avaient tous des livres de bibliothèque à la main et jacassaient, le nez en l'air, comme une nichée d'oisillons. Il avait une barbe de deux jours. Je me surpris à imaginer Helen avec des quadruplés que j'emmènerais partout avec moi. Je passerais à la télévision en tant que plus jeune père de quadruplés. Le bébé laissa tomber son livre par-dessus l'épaule de son père et poussa un cri strident, tandis que le père grondait une des petites qui ne l'avait pas ramassé. Elle s'assit sur le trottoir et se mit à brailler. Les deux autres trébuchèrent contre elle et tous hurlèrent. Je sortis de ma rêverie et sautai du mur pour rejoindre Helen.

– Ça va ? demandai-je.

Helen hocha la tête et me prit la main. Le médecin lui avait fait une ordonnance en lui disant que la plupart des filles de son âge manquaient de fer.

– Elle a dit que nous vivons à cent à l'heure et que nous nous épuisons pour un rien. Elle m'a posé des questions sur mes examens et sur toi.

– Sur moi ?

– Oui, elle m'a demandé si j'avais un petit ami et j'ai dit oui, alors elle m'a demandé si j'avais des choses à dire sur mes relations avec toi, et j'ai dit non.

– Tu aurais peut-être dû, rien que pour te rassurer.

– C'était impossible, ç'aurait été inscrit dans mon carnet de santé. Imagine qu'un jour maman vienne en consultation avec moi : elle n'aurait qu'à regarder mon carnet pour tout découvrir. Alors elle m'a donné ces prospectus sur le planning familial et m'a dit que je ne devais jamais hésiter à lui parler ou à lui demander tout ce que je voudrais. Elle était franchement sympathique.

– Et toi, tu crois que ça va ?

– Oui, je me sens mille fois mieux depuis que je l'ai vue.

– Ça se voit. On peut dire qu'on a eu de la chance.

– Je sais. Il ne faut plus jamais prendre des risques pareils.

C'est stupéfiant ce que l'on peut réussir à se faire croire lorsqu'on en a vraiment envie. Nous étions fous de bonheur ce soir-là, nous racontant des blagues et riant tout haut pour éloigner les fantômes. Mais ils reviennent toujours, n'est-ce pas ?

Je n'ai pas revu Helen avant la fin de la semaine. À mes coups de fil quotidiens, elle répondait toujours laconiquement, à voix basse et par monosyllabes, de sorte que je comprenais tout de suite que sa mère était dans les parages et qu'elle ne pouvait pas me parler librement. Je lui demandais chaque fois comment elle allait, et chaque fois elle me répondait qu'elle n'en savait rien.

– Que veux-tu dire par « Je n'en sais rien » ? Le docteur a bien dit...

– Il n'y a rien de changé, Chris. Voilà ce que je veux dire.

Je ne savais plus quoi faire de ma carcasse. J'avais l'impression d'être cerné par de grands oiseaux noirs qui battaient des ailes au-dessus de ma tête et m'observaient d'un air menaçant. Je ne pouvais me confier à personne. Le soir, je contemplais mon père qui se tiraillait la lèvre comme à son habitude lorsqu'il regardait les informations à la télévision. Quand bien même l'aurais-je voulu, je n'aurais pas su par où commencer. Je ne savais même pas si tout cela était réel. Désespéré, j'aurais aimé pouvoir enfouir ma tête dans le giron de ma mère comme quand j'étais petit et que je m'étais fait mal au genou. Ce simple souvenir me donna envie de hurler, car lui aussi je l'avais enfoui, huit ans plus tôt, dans mon oreiller, probablement. On aurait dit qu'il venait de surgir d'on ne sait où pour me faire retomber en enfance. J'en voulais à ma mère. C'est elle qui aurait dû être là. C'est à elle que j'aurais dû pouvoir parler. Planté devant la fenêtre, les poings serrés dans les poches, j'envisageai cette situation, essayant d'imaginer comment les choses se seraient passées si ma mère avait été là et ce qu'elle m'aurait dit. J'en fus incapable. Mais comment faire pour trouver les mots justes ?

Un après-midi, Tom me dit qu'il allait au mur d'escalade du collège technique et me proposa de l'y accompagner. Je pense que lui aussi avait deviné que quelque chose me rongeait. Alors j'acceptai, essentiellement parce que je vis là un moyen de relancer la correspondance avec ma mère. Je pourrais au moins lui dire que j'avais commencé à faire de l'escalade. Peut-être me répondrait-elle en me donnant quelques tuyaux, du genre : « Tiens bon, Christopher ! » Je n'avais jamais entendu parler de ce mur d'escalade, mais j'étais certain que ce serait un peu plus facile que de se balancer au bout d'une corde à Stanage Edge, devant les meilleurs grimpeurs du Derbyshire et du Yorkshire. Ce serait une façon de connaître un peu mieux maman.

Il faisait une chaleur étouffante dans cette salle. Debout ou accroupis, les étudiants s'échauffaient les doigts, comme s'ils jouaient d'invisibles instruments de musique. Le mur se dressait devant nous, escarpé et pourvu de nombreux petits rebords en saillie qui semblaient se raréfier et se rapetisser à mesure que l'on s'élevait. Pourtant, cela n'avait pas l'air extrêmement périlleux. Je fus néanmoins surpris par la prudence des grimpeurs.

– Ça te dit, Chris ? me demanda Tom. Tu crois qu'on arrivera jusqu'en haut ?

– Après vous, mon cher, répondis-je.

Il escalada la chose comme une véritable araignée tandis que je me cramponnais à la paroi plastifiée, l'estomac noué, les doigts crispés dans les alvéoles, les genoux agités de tremblements nerveux. Heureusement, Helen n'était pas là pour me voir !

Lorsque je revis Helen, elle était seule, dans la rue, les mains dans les poches, l'air rêveur. Elle ne me vit pas tout de suite. Cela me fait toujours un choc de la rencontrer à l'improviste.

– Helen ! criai-je en me faufilant entre les voitures pour traverser vers l'autre trottoir.

– Je vais chez mon grand-père, me dit-elle.

– Je t'accompagne.

J'aime bien son grand-père. Il est très direct avec les gens, et j'apprécie cette qualité. Sa grand-mère est bizarre, elle. Je ne crois pas avoir jamais entendu le son de sa voix, mais elle a une façon très particulière de vous regarder, un peu comme la mère d'Helen parfois, sans dire un mot, comme si elle vous déshabillait du regard.

– Je crois que je préfère y aller seule, répondit-elle.

– Comme tu voudras, dis-je en haussant les épaules. Ça m'est égal.

Mais ça ne m'était pas du tout égal. Je n'avais aucune envie de la partager avec quiconque en ce moment, même pas avec son grand-père.

– Tu vas bien quand même ? m'enquis-je.

Elle renfonça ses mains dans les poches tandis que je la prenais par le cou, comme si, en la réchauffant, je pourrais dissiper l'angoisse mortelle qui me glaçait les sangs.

– Je vais bien, Chris. Il n'y a rien de changé.

Cher inconnu,

Il n'y a rien de changé.

Le robinet goutte toujours, nuit blanche après nuit blanche.

Et si j'étais, et si j'étais, si j'étais, si j'étais...

J'ai passé une journée merveilleuse avec Chris ; on se serait crus capables d'interrompre ce tic-tac.

Mais rien n'a changé. Rien du tout.

Une petite pulsation affolée bat au fond de moi, tout au fond, tout au fond.

Va-t'en ! Va-t'en ! Va-t'en !

Il n'y a personne.

S'il te plaît, ne reste pas là.

Ce matin, en me levant, je me suis regardée dans la glace. Mon visage était cireux. J'ai de grands cernes noirs sous les yeux à force de passer des nuits blanches. Je ne me reconnais pas. Où suis-je passée ?

J'ai mis ma robe préférée. Puis je l'ai ôtée et jetée par terre. Je me suis assise sur mon lit et, les mains serrées, j'ai écouté ce tic-tac au fond de moi en contemplant dans la glace cette étrange créature blafarde aux grands yeux noirs. Ma chambre est un dépotoir : je ne l'ai pas rangée depuis des jours. Mes vêtements jonchent le sol, comme autant de petites taupinières surgies du tapis. Il y a une tasse de thé dans un coin, couverte de moisi.

Je ne me reconnais pas. Je me sens terriblement seule.

J'ai décidé d'aller voir mon grand-père. Il y a des jours où je me dis que c'est mon meilleur ami. Quand j'étais petite, je lui confiais tous mes chagrins. Il me faisait asseoir sur le tabouret de la cuisine, s'accroupissait devant moi et m'écoutait gravement, jusqu'au bout. Lorsque je lui avais tout raconté, je me sentais mieux. Cela venait uniquement, je crois, du fait qu'il avait pris le temps de m'écouter ; il me prenait au sérieux, depuis toujours. Voilà pourquoi j'ai pensé que je pourrais parler à grand-père et qu'il me comprendrait. J'ai rencontré Chris en y allant. Il voulait m'accompagner, mais je lui ai dit que je préférais y aller seule. Je n'aurais pas pu parler à grand-père si Chris avait été là. Je ne crois pas qu'il ait compris, mais je n'y peux rien.

Grand-père était en train de se faire frire des pommes de terre et des œufs. L'odeur m'écœura un peu. Je lui demandai un verre d'eau.

– Tu vas bien, Helen ? s'inquiéta-t-il.

Je grimpai sur le tabouret de cuisine et le regardai faire. Il versa de l'huile bouillante sur les œufs, comptant en sourdine : trois cuillères par œuf. L'huile crépita autour des jaunes, faisant épaissir les blancs. Il me jeta un coup d'œil…

– Tu m'as l'air bien pâlotte.

C'était le moment où jamais, mais je ne le saisis pas. Je lui souris par-dessus mon verre, et bien qu'il persistât à me regarder de cet air interrogateur qui d'ordinaire me poussait à lui passer les bras autour du cou et à lui confier tout ce que j'avais sur le cœur, il ne dit rien, et moi non plus. Il retourna à ses fourneaux, en sifflotant n'importe quoi, et une fois le repas prêt, je le suivis au premier pour voir Nan. Elle ne quittait presque jamais sa chambre, toujours sombre et étouffante. J'avais envie d'ouvrir en grand les fenêtres et de tirer les rideaux pour qu'ils claquent au vent. Tout est tellement silencieux et figé, on dirait que les pendules se sont arrêtées il y a des années. Je lui parlai un peu de Robbie et de l'école, tandis qu'elle picorait sa nourriture et hochait la tête de temps à autre. Pourtant, elle n'écoute pas. Je crois qu'elle s'est enfermée dans une sorte de monde imaginaire où elle aurait préféré vivre. Je me demande bien ce qu'elle peut penser. J'eus une envie irrépressible de lui dire : « Nan, je crois que je suis enceinte », et probablement elle aurait continué à hocher la tête et à grignoter ses pommes de terre, sans rien entendre. J'aurais peut-être dû lui dire. Mais je ne l'ai pas fait. Grand-père sortit en même temps que moi, pour aller voir un film, et je rentrai en autobus, déprimée et folle d'inquiétude. Je n'avais personne à qui parler.

Aujourd'hui donc, je suis allée à la clinique du planning familial.

J'avais l'intention de demander à Ruthlyn de m'y accompagner, mais finalement je changeai d'avis. Je ne peux pas me résoudre à la mettre au courant. On croit toujours qu'on va dire ce genre de choses à sa meilleure amie, mais lorsque l'occasion se présente, on en est incapable. On ne peut en parler à personne. Elle a deviné, j'en suis sûre, mais elle est trop discrète pour me poser directement la question, et je suis trop angoissée et malade de honte pour le lui avouer.

Donc je suis allée toute seule au planning familial, mais dès que je suis entrée dans la salle d'attente et que j'ai vu toutes ces jeunes femmes assises, dont la plupart étaient en train de fumer, l'air défaites, épuisées et tellement seules, j'ai su que je ne pourrais pas rester une seconde de plus. J'étais désespérée.

J'ai fait semblant d'être venue chercher quelqu'un qui n'était pas là, je suis ressortie et j'ai repris l'autobus jusqu'à la maison.

J'ai si peur. J'ai l'impression de traverser un désert hostile. Il n'y a plus rien à quoi se raccrocher.

Va-t'en. S'il te plaît, va-t'en.

Chère Joan,

Je viens de rentrer d'une séance d'escalade au mur du collège technique. Je n'ai pas encore d'équipement, mais quand je serai étudiant (l'année prochaine, j'entre à l'université de Newcastle pour préparer un diplôme d'anglais, le sais-tu ?) je crois que je pourrai emprunter des cordes, un casque et tout le nécessaire. Il faudra que tu me racontes un jour tes expéditions. Quelques tuyaux ne me feraient pas de mal. C'est un passe-temps fantastique, non ? Je viens seulement de commencer, alors je ne peux pas vraiment appeler ça un passe-temps (à vrai dire, je ne suis pas monté jusqu'en haut du mur, mais je vois comment m'y prendre. Je me suis légèrement tordu la cheville en redescendant un peu vite, mais quand ça ira mieux, je crois que j'arriverai en haut sans mal). J'ai l'impression d'avoir l'escalade dans le sang. Est-ce que tu grimpais quand tu vivais dans le Derbyshire ? J'imagine que maintenant tu grimpes dans le Lake District, ou en Écosse. J'irai peut-être lorsque j'aurai un peu plus d'entraînement, et tu me montreras les ficelles ! Blague à part, j'aimerais bien passer te voir un de ces quatre.

Ton fils,

Christopher

J'ai dû poireauter pendant des heures au mur d'escalade pendant que Tom grimpait et redescendait inlassablement, criant à tue-tête quand il arrivait au sommet. J'avais mal à la cheville, les doigts endoloris et les genoux enflés comme des ballons. J'écrivis une lettre à ma mère. J'avais le sentiment d'avoir trouvé le ton juste : sans prétendre être un grimpeur émérite, je lui montrais que j'avais quelque chose en commun avec elle et lui fournissais des raisons de me répondre. Je la rangeai dans mon cartable et attendis que Tom soit redescendu de son mur.

– Ça va ? me cria-t-il lorsqu'il eut enfin terminé.

Naturellement, tout le monde se retourna vers moi.

– Bien sûr. C'est géant, ce truc !

– Tu n'es pas resté longtemps dessus.

– Je me suis rappelé que j'avais une lettre importante à écrire.

Il sourit. Brave Tom. Il se prend pour le plus séduisant des gars, mais il faut voir ses dents lorsqu'il sourit.

– Tu viens prendre un pot ? me proposa-t-il.

– D'accord, mais rien qu'un. J'ai une rédac à faire ce soir.

– Qui n'en a pas ? répondit Tom. « Une Heineken n'aurait pas fait de mal à Hamlet. Développez. »

Je le suivis clopin-clopant jusqu'au pub où je restai prostré, le nez baissé, les mains crispées sur le verre de bière posé sur mes genoux comme si je voulais la réchauffer. Le brouhaha était général : j'avais l'impression de m'y noyer. Je voulais penser à Helen. Que faisait-elle en ce moment ? Que lui arrivait-il ? Les oiseaux réprobateurs et menaçants réapparurent pour m'espionner. J'avais envie de rentrer chez moi.

– Tu pourrais te taire cinq minutes, railla Tom. Je n'arrive pas à en placer une !

Je haussai les épaules. Le pub était plein de gens bruyants, qui riaient, parlaient trop fort, se poussaient. Cela me faisait me souvenir du marché aux bestiaux de Hope. Et en y pensant très fort, on arrive même à en sentir l'odeur.

– Je vais faire du vélo en France, cet été, déclara Tom. Ça te dit de venir avec moi ?

Je secouai la tête.

– On a toujours dit qu'on irait après les examens. Tu es suffisamment entraîné, non ?

– Je n'ai pas fait de longs trajets depuis notre expédition dans les Dales.

– On a tout le temps de se préparer. Suffit de faire une grande balade tous les week-ends.

Je poussai un soupir et secouai de nouveau la tête. Cela représentait quatre semaines loin d'Helen.

– La France, voyons ! s'exclama Tom en se penchant en avant et en levant son verre comme pour porter un toast. La belle France ! Des baguettes au lever du soleil ! Dis que tu viendras ! Ce sera sinistre tout seul. De toute façon, j'irai, mais ce ne sera pas pareil…

Je me renversai en arrière sur ma banquette. La France ! C'est vrai, on a toujours dit qu'on le ferait avant de rentrer à l'université.

– Tu étais partant, avant, Chris.

– J'ai changé d'avis, c'est tout.

Helen pourrait peut-être venir camper en Bretagne avec Ruthlyn, et nous pourrions nous balader ensemble dans la région et rentrer avec elles en Angleterre. Quel effet ça fait de faire du camping quand on est enceinte de six mois ? Quel effet ça fait d'être enceinte ?

– Réveille-toi ! dit Tom.

– Je me demandais simplement ce qu'il se serait passé si Hamlet avait mis Ophélie enceinte ?

– Ben merde, alors ! répondit Tom.

Il vida son verre de bière et me dévisagea, la lèvre ourlée d'une moustache de mousse blanche.

– Ben merde, alors, Chris !

22 mars

Cher inconnu,

Aujourd'hui, j'ai acheté un test de grossesse. J'ai encore été malade ce matin. Tu es un corps étranger en moi. Tu es une maladie. Je ne veux pas que tu existes.

Il faut que je sache.

J'ai manqué l'école une partie de la matinée. Maman et papa étaient au travail. J'aurais voulu demander à Ruthlyn de m'acheter le test mais je n'en ai pas eu le courage. Je suis allée dans une grande pharmacie où personne ne pourrait me reconnaître ; j'étais dans un état de fébrilité incroyable en attendant mon tour. J'étais prête à acheter des pastilles pour la gorge à la place mais, comble de malchance, c'est un homme qui est venu me servir. Il ne m'a même pas regardée. Peut-être était-il gêné lui aussi, ou peut-être qu'il en avait assez de vendre ce genre de choses aux lycéennes effarouchées. Je m'étais maquillée, ce que je ne fais jamais parce que ça me donne de l'urticaire. Je me suis servie dans la trousse à maquillage de maman. Je voulais me donner l'air plus âgée, mais quand je me suis vue dans la glace, à la pharmacie, j'avais une tête à faire peur, blafarde sous une espèce d'emplâtre orange. Je suis rentrée à la maison en autobus en serrant contre moi mon petit paquet comme si quelqu'un pouvait me le voler et s'enfuir avec.

La maison était d'un calme inquiétant. Je suis montée dans ma chambre avec mon paquet et j'ai tiré les rideaux. Le test consistait en un plateau et un flacon en plastique contenant un liquide, une petite éprouvette et une espèce de bâtonnet qui ressemblait à un agitateur pour cocktail. Il ne manquait plus qu'une ombrelle en papier multicolore ! Tout était en miniature, comme les jeux de petit chimiste pour les enfants. Je devais verser le liquide dans l'éprouvette du test, qui est devenu instantanément violet. J'ai émis une sorte de gargouillis qui ressemblait à un rire, mais en réalité c'était un sanglot. Je hoquetais. Mes mains tremblaient tant que je faillis bien tout renverser sur le tapis. Mais j'ai réussi quand même à lire correctement les instructions et à faire ce qu'il fallait pour que le test soit concluant. Puis j'ai dû attendre cinq minutes.

As-tu idée de ce que peuvent durer cinq minutes ? Le silence de la maison, pendant que j'avais les yeux rivés sur ma montre, était aussi lugubre que celui d'une salle d'examen. Un examen de trois heures où vous lisez et relisez inlassablement les questions sans pouvoir répondre à aucune. J'essayai de penser à ce qu'étaient en train de faire tous les gens que je connaissais. Maman devait travailler devant son ordinateur, à la banque. Papa devait classer des livres, en fredonnant un air de jazz, dans le silence de sa bibliothèque. Grand-père se faisait une tasse de thé, remuant à n'en plus finir les feuilles dans la théière, examinant, le nez au-dessus de la vapeur, sa boisson favorite.

Ruthlyn était en maths, où j'aurais dû me trouver également. Et Chris ? Que faisais-tu, Chris, pendant que mon éprouvette de test nous concoctait un petit quelque chose ? Pensais-tu à moi ?

Lorsque j'ai sorti le petit batteur à cocktail, il n'était aucunement rose à l'extrémité : il était blanc. Je relus une fois de plus la notice. Si l'extrémité est rose, vous êtes enceinte. Si elle est blanche, vous n'êtes pas enceinte. Je ne suis pas enceinte. Tu n'existes pas.

Tu n'es rien du tout, personne.

Cher inconnu,

Plus tard.

Après avoir fait ce test, je suis allée travailler au conservatoire municipal, comme si c'était un jour normal. C'en était un, finalement. J'avais quelques recherches à faire sur une messe de Bach. J'adore cette musique. J'aime toutes les musiques un peu bizarres et, pour les jeunes de mon âge, je crois que c'est bizarre d'aimer Bach. Elle explose dans ma tête lorsque j'ai passé un moment à la travailler. En parcourant des partitions, je me suis mise à lire tout haut des noms de compositeurs. Je ne m'étais jamais aperçue auparavant combien ils étaient beaux : Stravinski, Vivaldi, Delius. Pas étonnant qu'ils écrivent de somptueuses musiques avec des noms pareils ! Comment pourrais-je prétendre devenir compositeur avec un nom comme Garton ? J'ai consulté l'index pour voir s'il existait un compositeur du nom de Garton et suis tombée sur Gluck. C'est drôle de s'appeler Gluck. Cela évoque plutôt un bruit de plomberie : « gluck, gluck, gluck », ai-je dit à voix haute, ce qui me valut les regards réprobateurs de tous les élèves du conservatoire.

Je me sentais merveilleusement bien.

Je rentrai en courant à la maison, la tête débordante de musique, et me disputai avec Robbie au goûter parce qu'il voulait manger le mien, comme d'habitude. Mais cette fois, je décidai que l'appétit m'était revenu. Assise sur une chaise, dans la cuisine, maman attendit que l'orage passe. Elle avait l'air très fatiguée. J'avais été tellement préoccupée par ma petite santé ces temps-ci que je n'avais fait attention à personne autour de moi. Je me demande ce qu'elle pense vraiment, si elle s'est rendu compte de ce qui m'arrivait. Ce que ç'aurait été difficile de lui dire ! Je n'aurais pas su comment m'y prendre. J'aimerais tant pouvoir lui parler. Quand j'étais petite, j'y arrivais sans mal. Depuis que j'ai grandi, il me semble qu'elle ne m'aime pas autant qu'avant. Il y a des jours où j'ai l'impression qu'elle regrette le temps où j'étais petite fille, le temps où elle pouvait me faire de jolis habits et me border dans mon lit. Elle ne sait plus vraiment qui je suis.

Dès que j'en ai eu l'occasion, j'ai filé chez Chris. Je ne pouvais pas attendre ; je voulais lui dire que tout allait bien et que la terre s'était remise à tourner. Il n'était pas là, mais la petite promenade sous la pluie m'avait fait extrêmement plaisir.

– Tu vas bien ? me demanda le père de Chris. Tu as une mine de papier mâché.

– Non, non, ça va. Vous direz à Chris que ça va.

– Entre un instant pour l'attendre. Il ne va pas tarder ; il est allé grimper sur un mur d'escalade, ou je ne sais trop quoi.

J'aime bien le père de Chris. Je ne sais jamais s'il se moque de moi.

– J'allais éteindre mon four. Tu veux jeter un coup d'œil dans ma caverne ?

Je descendis à sa suite l'escalier de la cave qui menait dans son atelier de poterie. Les étagères croulaient sous les tasses, les bols, les vases, prêts à être émaillés, et il y avait des tas de boîtes de crèmes glacées portant des étiquettes tout à fait surprenantes : « dolomite », « cendre de bois », « ocre ». Il faisait une chaleur étouffante. Il éteignit son four, et le sourd bourdonnement que je n'avais pas remarqué auparavant cessa aussitôt.

– Je peux regarder dans le four ? demandai-je.

– Il est beaucoup trop chaud. Je dois attendre un jour avant de pouvoir ouvrir cette porte. Regarde-moi ça plutôt. Il n'y a pas longtemps que je les ai sorties, dit-il en prenant sur une étagère un plateau couvert de tasses. Tu as vu, elles sont splendides, non ? Parfaites !

Il saisit ses tasses avec amour, les levant à la lumière pour me montrer le motif de coquille d'huître à la base. Je n'avais jamais pensé que des tasses puissent être des œuvres d'art. Pour moi, elles n'étaient que des récipients pratiques.

– L'argile est une matière formidable, dit-il.

Je crois qu'il est un peu obsédé par la matière ; j'imagine qu'il faut l'être pour pouvoir la travailler toute la journée.

– Tu l'as déjà travaillée ? C'est comme si tu pétrissais du pain, en plus rapide. Elle te glisse entre les doigts comme un poisson au début, alors il faut trouver la juste proportion d'eau et de terre, sinon elle te colle aux mains et tu ne peux plus rien en faire. Essaie. Tiens, en attendant, essaie donc.

Il me fit asseoir sur un tabouret devant un tas d'argile et posa un seau d'eau à côté de moi.

– Joue avec, dit-il. Habitue-toi à la consistance, c'est tout le secret.

Il mit son tour en marche et déposa au centre une boule d'argile. Il la creusa avec les pouces puis fit couler de l'eau dessus et commença à monter les parois galbées en recourbant les doigts.

– Elle a une mémoire, l'argile. Une fois que tu l'as fait aller dans un sens, elle n'ira jamais plus dans l'autre. Un peu comme moi ! dit-il en riant. Têtue.

La matière glissait entre ses gros doigts. Elle était à la fois solide et liquide. On aurait dit de l'eau vive. C'était fascinant.

– Faut pas en avoir peur, c'est tout le secret. Essaie donc.

Une espèce de ritournelle monotone me trottait dans la tête. Je m'efforçai de la chasser. Je tournai mon morceau d'argile ; j'aimais bien la façon dont elle glissait dans mes doigts. J'essayai d'en faire une boule, puis j'enfonçai mes pouces dedans pour la creuser, tout en maintenant les bords qui se renflèrent en s'élevant. J'étais complètement absorbée par ma tâche. La ritournelle ne me quittait pas. Je pris un petit bout d'argile et commençai à le façonner. Je ne savais pas ce que je faisais. Je fis une toute petite poupée, pratiquement sans m'en apercevoir. Elle ressemblait aux minuscules objets que je faisais au jardin d'enfants en pâte à modeler. Elle avait une tête minuscule et un petit corps replet. Elle était si petite que je pouvais la faire disparaître dans le creux de ma main. Je déposai le petit corps au fond de la grotte que j'avais créée précédemment, puis vite, très vite, au cas où M. Marshall m'aurait vue, je mouillai abondamment les bords pour qu'ils se referment comme un coquillage. Je la pris dans mes mains, la façonnai et la lissai.

– Qu'est-ce que tu nous fabriques là ? s'enquit M. Marshall. C'est un œuf de Pâques, dis-moi !

– Ça y ressemble, répondis-je.

J'eus l'impression d'avoir été brusquement tirée de ma torpeur. Je posai l'œuf qui roula sur la table. Une immense chaleur m'envahit soudain. L'air était noir autour de moi. Très loin, tout au fond d'une mer ténébreuse, une grosse voix retentit. J'étais dans un océan brûlant, où mes bras et mes jambes pesaient trois tonnes et m'entraînaient de bas en haut et de haut en bas, où ma tête était une caverne gigantesque dans laquelle les voix résonnaient avant de s'interrompre brutalement.

Lorsque je revins à moi, j'étais assise près de la porte de la cave, en plein courant d'air frais, le père de Chris à genoux auprès de moi. Il me tenait la main.

– J'avais oublié combien il peut faire chaud là-dedans parfois, dit-il. Ça m'a retourné les sangs, la façon dont tu as chaviré tout à l'heure. Tu restes ici jusqu'à ce que ça aille mieux. Je vais te chercher une couverture pour que tu n'attrapes pas froid.

– Je suis désolée, dis-je, frigorifiée.

– Ne dis pas de bêtises. Désolée ! J'ai vu des gaillards costauds s'évanouir à cause de la chaleur, des soldats même. Le défilé des sortants, ils appelaient ça. C'est sûr qu'ils sortaient tous, les pieds devant : ils tombaient comme des mouches. Ça ira mieux en un rien de temps. Je vais téléphoner à ton père pour qu'il vienne te chercher.

– Oh, non, s'il vous plaît, ne faites pas ça ! m'exclamai-je.

M. Marshall me regarda curieusement ; il avait dû sentir une certaine panique dans le ton de ma voix.

– Il joue ce soir au Ringinglow, ajoutai-je sans savoir si c'était effectivement aujourd'hui. Je vais aller bien dans une seconde. Je me sens déjà mieux.

M. Marshall me fit un thé et nous attendîmes un peu le retour de Chris. J'avais une envie irrépressible de dormir. M. Marshall me raccompagna jusqu'au coin de ma rue.

Je courus jusqu'à la maison et montai directement dans ma chambre. J'avais envie de hurler.

Tu n'existes pas.

Tu n'es rien ni personne. Je ne veux pas te connaître.

Alors pourquoi ? Pourquoi ?

J'avais une autre lettre pour ma mère dans ma poche. J'avais relu la dernière avec l'impression qu'elle avait été écrite par un enfant de sept ans. Je rentrai chez moi sous la pluie battante, me récitant à voix haute la nouvelle lettre, en me demandant si j'aurais le courage de l'envoyer, si cela valait vraiment la peine, lorsque je vis arriver à la maison ma tante Jill et papa qui la faisait entrer. Je me précipitai dans l'entrée au moment même où papa refermait la porte et m'ébrouai comme un chien mouillé, très certainement pour les énerver.

– J'aurais eu besoin de toi il y a une demi-heure, dit papa. Ton Helen était ici. Elle s'est évanouie dans la cave. Ça n'a rien d'étonnant, on étouffe dans ce trou à rat.

– Je vais passer la voir, dis-je.

– N'en fais rien. Elle se porte à merveille, mais je lui ai conseillé de se coucher tôt. Pas question d'aller la réveiller, Chris.

– Elle est charmante, Helen, dit Jill. Elle va te manquer quand tu seras parti.

– Je sais.

Je ne tenais pas en place. Je ne pouvais pas rester à bavarder dans l'entrée : il fallait que je voie Helen.

– Qui peut savoir, à leur âge ? dit papa en haussant les épaules. Ils s'adorent, ces deux-là ; mais ils sont trop jeunes pour se mettre la corde au cou, tu le sais, Chris.

– Oui, je sais, je sais. Je ne suis pas débile.

Je partis mettre de l'eau à chauffer dans la cuisine. Tout pour ne pas subir leurs sarcasmes : comme si pour eux le fait d'avoir une petite amie était la même chose que de gagner une médaille à une course.

– Elle avait quelque chose de particulier à me dire ? demandai-je du ton le plus naturel possible.

– Oui. Elle voulait te dire qu'elle allait bien, répondit papa en riant.

Je fermai les yeux et laissai aller ma tête contre le mur carrelé.

– Elle avait bonne mine aussi : blanche comme un linge !

– Elle a eu la grippe, ou quelque chose dans le genre, dis-je.

– Il paraît qu'elle va présenter une épreuve de danse aux examens, dit papa. C'est un drôle de sujet, ça.

– Pas plus drôle que le grec, répondit Jill. Et je sais de quoi je parle ! Regarde où ça m'a menée : trois gamins et quelques chevaux.

J'entendis encore leurs voix dans l'entrée.

– Tu bois un verre ? lui demanda papa.

– Pourquoi crois-tu que je suis venue ? Pour le journal télévisé, peut-être ?

J'étais ravi de me débarrasser d'eux. Dès que j'eus refermé la porte de ma chambre, je mis une cassette à plein volume. Toute la maison vibrait sous l'effet du bruit. Guy me cria d'arrêter, mais je ne l'écoutai pas.

J'ouvris les fenêtres en grand : je voulais que la musique résonne jusqu'à la maison d'Helen. Elle va bien. Tout est pour le mieux.

Cher inconnu,

Hier soir, j'ai acheté un autre test de grossesse. Cette fois, j'ai lu attentivement le mode d'emploi. Ce matin, je me suis enfermée dans ma chambre. Maman était dans la cuisine, au rez-de-chaussée, et chantait à tue-tête sur un air de jazz qui passait à la radio. Elle était dans un de ses rares moments de bonne humeur. Il me sembla que lorsque j'étais petite, elle chantait davantage. Je ne m'en souviens pas vraiment. La plupart du temps, elle s'enfermait dans ses pensées, comme ma grand-mère. Elles n'ont pas l'air de bien s'aimer, ma mère et la sienne. Elles ne se voient presque jamais. J'espère que les choses n'en arriveront pas là entre ma mère et moi. Ça ne me plairait pas.

« Je vais lui dire, décidai-je en mon for intérieur. Quel que soit le résultat du test, je vais lui parler. »

Les mains tremblantes, j'introduisis le petit bâton de plastique dans le tube à essai, puis je m'assis sur mon lit et attendis. Cela m'était complètement égal que maman entre dans ma chambre et me voie. Je ressortis le bâtonnet, mais avant même de le regarder, je savais de quelle couleur il était : rose. Positif. Jeudi négatif, samedi positif.

La sonnerie du téléphone retentit. Maman chantait toujours. Elle ne l'entendit pas. Je le laissai sonner, sonner. On aurait dit une voix en provenance d'une autre planète, qui essayait d'entrer en contact avec la terre. Robbie finit par dévaler l'escalier pour répondre.

– Helen ! appela-t-il. C'est pour toi.

Je ne bougeai pas.

Robbie posa l'appareil et retourna dans sa chambre. Il monta le son de sa musique pour couvrir la chanson de maman. Je vidai le récipient du test dans les toilettes et glissai le reste du petit matériel dans mon tiroir. Je me lavai la figure et me brossai les cheveux, puis je descendis rejoindre maman. J'allais lui parler.

Maman se retourna vers moi lorsque j'entrai dans la cuisine. Elle aurait dû s'apercevoir que je n'étais pas dans mon état normal.

– Te voilà ! Je croyais que tu dormais encore. Je suis en train de faire un gâteau pour le goûter. Tu as envie de faire de la pâtisserie ? Tes gâteaux sont toujours mieux réussis que les miens.

Je vais tout lui dire, et elle va me prendre dans ses bras et me bercer comme quand j'étais petite. Elle va me consoler. Elle va panser mes blessures et je n'aurai plus mal. S'il était une personne au monde à qui je devais parler, c'était bien elle.

J'allai chercher de la farine, du saindoux et du beurre dans le garde-manger et disposai ces ingrédients sur le plan de travail. Je me sentais complètement vide. J'avais l'impression de tout faire au ralenti. Les mots s'alignaient comme des petits soldats dans ma tête. Maman recula et se dressa sur la pointe des pieds pour pousser une note aiguë, riant d'elle-même.

– Tu devrais entrer dans une chorale, maman, commençai-je.

J'aurais dû attaquer directement. J'étais coincée à présent.

– Tu as une très jolie voix…

– Tu crois ? Mais je ne sais pas lire la musique, c'est ça qui cloche.

– Demande à papa de t'apprendre.

– Ted ? Il serait incapable d'apprendre à sauter à une grenouille !

Vas-y ! Vas-y ! C'est le moment.

Je pris une profonde inspiration.

– Maman… je voudrais te dire quelque chose.

À la radio, le programme musical s'acheva pour laisser place aux résultats des matches de cricket. Maman claqua la langue et tourna le bouton. Tous les sons se déformèrent. Robbie fit irruption dans la cuisine.

– Helen, espèce d'idiote ! Ça fait des plombes que je t'appelle. Chris a téléphoné il y a une demi-heure environ. Il m'a dit de te dire que si jamais tu rentrais il te donnait rendez-vous au parc à midi.

– Je suis en train d'aider maman, répondis-je, au bord des larmes tandis que des sons monstrueux s'échappaient de la radio.

Maman me prit le paquet de farine des mains et en déposa un petit tas sur la balance.

– Allez, vous pouvez sortir, mademoiselle, dit-elle. Je croyais que vous vous étiez disputés, Chris et toi, à la manière dont vous vous comportez ces temps-ci. Va faire la paix avec lui.

– Maman…

– Allez, vas-y, Helen.

Je m'éloignai puis revins vers maman. Je lui passai les bras autour du cou et posai ma tête au creux de son épaule. Elle rit de surprise et tenta de me repousser. Je voulais qu'elle me berce. Je voulais qu'elle me serre fort contre elle. Je ne voulais pas la lâcher.

– Qu'est-ce qu'il t'arrive donc ? s'étonna-t-elle.

– Beurk ! fit Robbie.

Et maman se dégagea.

– Ce n'est pas comme ça que mon gâteau va se faire, dit-elle. Allez, ouste ! Ne fais pas attendre ce jeune homme.

Chris était assis sur un petit manège de bois dans le terrain de jeux des enfants et laissait traîner ses pieds par terre tout en tournant. Il avait la tête baissée et ne me vit pas arriver, de sorte que le manège dut accomplir un autre tour pour qu'il se retrouve de nouveau face à moi. Cela me donna le temps de penser à ce que j'allais lui dire.

– Chris !

Il descendit aussitôt.

– Ne dis rien. Laisse-moi seulement te tenir dans mes bras. Tu m'as manqué. Cela fait des siècles et des siècles…

– Je voulais parler à maman, lui dis-je. Et je n'ai pas pu.

– Ne dis rien pour l'instant. Restons simplement ensemble.

Nous marchâmes vers la petite rivière qui traverse le parc et nous nous arrêtâmes à l'ombre des grands arbres. Des arbres splendides dont je caressai le tronc rugueux. J'avais besoin de leur force. Jamais je n'aurais pu me passer de leur présence ; ils étaient mes compagnons de tous les jours.

– Que se passe-t-il ? demanda Chris.

– J'ai fait un test. Et il était négatif. Ensuite, je me suis évanouie chez ton père. J'ai fait un autre test ce matin : il était positif.

Le fait de le lui avoir dit me redonna des forces, mais je ne pouvais pas lâcher l'arbre, pas encore. Je parlai, la joue collée contre le tronc. Je n'étais plus moi-même. Quelqu'un d'autre était en train de parler à ma place.

– Comment une chose peut-elle être à la fois négative et positive ? Comment peut-elle être et ne pas être ?

Il y a en moi un mystère insondable trop profond et trop inquiétant pour être élucidé.

– Je ne comprends pas, déclarai-je.

– Moi non plus, avoua Chris. Je ne te quitterai pas, Nell. Tu le sais. Je t'aime.

Apparemment, c'est tout ce qu'il trouva à me dire.

Après avoir quitté Helen, je rentrai en courant à la maison. J'étais hébété. Il y a un bébé ; il n'y a pas de bébé. Quelque chose et rien du tout. Quelqu'un et personne. Maintenant et pour toujours. La vie a commencé il y a trois mille six cents millions d'années. La vie a commencé en janvier. Et c'était moi le père. J'épiai ma réaction au simple son de ce mot, mais rien ne se produisit. Il ne voulait rien dire pour moi. Cela signifiait simplement que j'étais responsable. Cela voulait dire que Newcastle s'éloignait de moi comme un rêve qui s'évanouit. Je me sentais comme une souris prise au piège. Je suffoquai.

« Tout ira bien. Quoi qu'il arrive. Je ne te quitterai pas. » Je courus avec une belle régularité, m'obligeant à respirer en rythme, laissant les mots rebondir à chaque foulée, lançant mes jambes en avant, la tête en arrière, les poings serrés. « Quoi qu'il arrive. Je ne te quitterai pas. Helen, oh, Helen, qu'avons-nous fait ? » Je courus des kilomètres cet après-midi-là. Ensuite, il me fut impossible de trouver le sommeil. À 2 heures du matin, je vis quelque chose s'embraser dans le ciel par le rectangle de ma fenêtre. On aurait dit que cette chose était destinée à détruire la planète ; gigantesque et rougeoyante, elle filait vers la terre tel un requin parmi les petits poissons. Couché sur le dos, les mains derrière la nuque, je la regardai s'élever jusqu'au centre de la fenêtre, puis elle sembla virer de bord avant de disparaître complètement de mon champ de vision. J'aurais aimé qu'Helen soit auprès de moi pour donner un sens à cette chose, pour donner un sens à l'espace, pour donner un sens à la vie.

J'entrai dans la chambre de Guy et le réveillai.

– Je viens de voir une énorme comète, lui dis-je.

Il se redressa une fraction de seconde sur son lit.

– C'était un avion, déclara-t-il avant de s'écrouler sur son oreiller, profondément endormi.

30 mars

Cher inconnu,

Hier soir, j'ai décidé ce que je devais faire. Je ne te demande pas de me pardonner.

Après tout, tu ne m'as pas demandé la permission de t'installer en moi. Tu me fais penser à ces sycomores venus d'on ne sait où qui, du jour au lendemain, se mettent à pousser dans notre jardin, sans que l'on sache ni comment ni pourquoi. Maman les arrache systématiquement : « Nous ne voulons pas de vous ici », dit-elle.

Je comprends très bien ce qu'elle veut dire.

Comme on est samedi, j'ai demandé à papa de me prêter sa voiture. Je lui ai dit que je voulais aller monter à cheval. Robbie voulut venir avec moi, mais lorsqu'il est monté chercher son survêtement dans sa chambre, j'en ai profité pour m'esquiver. Je n'étais pas montée à cheval depuis l'âge de douze ans environ. Je me souviens que j'étais amoureuse à l'époque d'un grand étalon, pétant et fumant, qui répondait au nom d'Henry. J'étais folle de lui. Toutes les nuits, dans mes rêves, je galopais avec lui sur la lande. Et puis ils l'ont vendu parce qu'il était trop vieux pour être monté, mon bel Henry, et j'ai laissé tomber le cheval.

Donc ce matin, lorsque je me suis réveillée après quelques brèves heures de sommeil, je savais ce que je devais faire. Je ne me rendis pas dans un des manèges que je fréquentais enfant, mais à une bonne quinzaine de kilomètres de chez moi. Au moment où j'arrivai, un groupe s'apprêtait à partir en promenade, conduit par une jeune fille à peine plus âgée que moi. Ils attendirent que je me sois hissée sur un cheval blanc qui restait, puis s'engagèrent en file indienne sur la route qui menait à la lande.

Je me retrouvai la dernière. Il fallait à tout prix que je prenne la tête de la colonne : je mis mon cheval au trot pour dépasser les autres. Une cavalière qui sortait des écuries et venait à notre rencontre me cria de rester dans le rang. Je repris ma place. J'aurais pourtant dû la reconnaître, mais elle était loin derrière nous et je regardais droit devant moi. J'étais tendue, concentrée et sûre de moi ; je n'avais pas peur.

Il fallait que je prenne la tête de la colonne. Lorsque nous traversâmes la route pour entrer dans le champ, je laissai mon cheval dépasser les autres et se mettre au trot. La chef de file dit que Nab était mal élevé et ordonna au cheval d'attendre son tour. Je ne l'écoutai pas. J'orientai la tête de Nab vers le sentier qui montait sur la colline et fus de nouveau rappelée à l'ordre. La fille trotta jusqu'à ma hauteur et retint mon cheval.

– Tu dois attendre que tout le monde ait passé la barrière, me dit-elle en rougissant de gêne – manifestement, ses responsabilités lui coûtaient. Ce sont les usages. Et de toute façon, c'est moi qui mène : je dois rester en tête.

– Désolée, dis-je.

J'avais déjà repéré les pistes et surtout celle qui montait directement au sommet de la colline.

– Ne sais-tu donc pas le retenir ?

– Si, bien sûr.

– Eh bien, fais-le. Cela énerve les autres. Ou alors laisse-le brouter un peu, ça ne peut pas lui faire de mal.

Je gardai avec obstination les rênes aussi courtes que possible, luttant de toutes mes forces contre Nab qui s'agitait, secouait la tête et s'efforçait d'arracher quelques touffes d'herbe tendre. Il s'ébroua, frappa du sabot, se glissa vers l'avant, tandis que je tirai les rênes jusqu'à ce qu'il s'immobilise tout à fait et se calme. Dès que la fille nous eut rejoints, il se porta en avant. Elle me demanda de retourner à la queue. Son visage était à présent cramoisi.

Je me détendis. Je voyais à peu près où je pourrais fausser compagnie au groupe de cavaliers. Je me sentais calme.

Il faisait très chaud en cette fin de mois de mars. La chaleur avait déjà fait apparaître des myriades de moucherons qui tournoyaient autour des chevaux, les obligeant à s'ébrouer sans cesse. Le ciel était aussi bleu qu'en été, et les alouettes avaient déjà fait leur apparition. Je savais parfaitement ce que je devais faire. Jamais je n'avais eu les idées aussi claires et nettes, jamais je n'avais été aussi sûre de quoi que ce soit.

C'était pour Chris que je faisais cela.

À mi-pente, la chef de file jeta un coup d'œil par-dessus son épaule et ordonna :

– Trot enlevé ! Donnez des talons !

Aussitôt, les chevaux accélérèrent le pas sans se faire prier et se mirent au trot. Je m'enfonçai dans mes étriers. J'aimais bien le rythme du trot enlevé, assis, debout, assis, debout, son balancement chaloupé. J'avais envie de chanter. Puis je me tendis brusquement, prête à saisir ma chance : un gros rocher s'élevait devant nous, un peu plus loin sur le chemin. Au-delà, ce dernier se divisait en un petit sentier qui serpentait doucement et une piste étroite et escarpée qui montait tout droit au sommet de la colline. Sans hésiter, je guidai Nab vers la piste.

– Rentre dans le rang ! cria la fille.

Je ne l'écoutai pas.

Vas-y, Nab ! Vas-y ! Plus vite, Nab !

Je ne tardai pas à remonter toute la file des cavaliers et me retrouvai bientôt au sommet de la colline. Devant moi s'étendait une lande parsemée d'herbe rase et de jeunes fougères, que traversait un large chemin sablonneux. Je n'entendais plus les autres cavaliers. Je m'enfonçai dans ma selle et me raidis. Le moment était venu.

Je serrai les flancs de Nab entre mes genoux et mes pieds. Il allongea les foulées. La tête dressée, il allongea le pas, se mit au petit galop avant de passer au grand galop régulier, frappant le sol de ses gros sabots. Je me couchai sur l'encolure et relâchai les rênes, lui laissant la bride longue. Je sentais la ligne de ma colonne vertébrale solidaire de la bête. Nous ne faisions plus qu'un.

J'entendis soudain des cris derrière moi. J'éperonnai Nab. Une voix se rapprocha, accompagnée d'un roulement de sabots. Je risquai un œil par-dessus mon épaule et vis la femme plus âgée arriver à ma hauteur, fouettant son cheval, et lorsque je regardai de nouveau devant moi, je découvris un énorme taillis au bas de la pente. Je me redressai tout en essayant de retenir Nab. Il refusa d'obéir.

La panique me prit. Je perdis mon assiette et me retrouvai soudain ballottée de droite et de gauche sur la selle, rebondissant douloureusement à chaque foulée. Mes bras et mes jambes, inertes, ne m'étaient plus d'aucun usage. Mon coccyx heurtait la selle, j'avais l'impression que mes côtes avaient éclaté. J'avais perdu les étriers. Je tirai sur les rênes de toutes mes forces, mais Nab se dégagea d'un coup sec ; ses dents et ses gencives se découvraient chaque fois qu'il relevait la tête. Je m'allongeai le plus possible en arrière, tirant sur les rênes, jusqu'au moment où elles me glissèrent des doigts et m'échappèrent. Je me raccrochai au pommeau de la selle et à la crinière. Je n'avais plus qu'une seule idée en tête : Chris.

Je sentis l'autre cavalière arriver à ma hauteur, me criant de retenir mon cheval. Au grand galop, elle colla son cheval contre le mien et se pencha pour attraper mes rênes. Les deux chevaux se heurtèrent, bataillant pour prendre la tête, mais finirent par ralentir leur allure, à mesure que la femme leur faisait décrire des cercles de plus en plus serrés, jusqu'à ce qu'ils s'immobilisent complètement. J'avais l'impression que ma peau s'était détachée de mes os. La femme hurlait. Je me penchai en avant jusqu'à ce que mon ventre touche le dos de Nab et me laissai tomber à quatre pattes dans la bruyère où je me mis à vomir.

La femme sauta de son cheval et vint s'agenouiller auprès de moi. Elle me donna des mouchoirs en papier pour m'essuyer les lèvres.

– Enlève ta bombe, tu auras moins chaud, dit-elle.

J'étais trop faible pour obéir : c'est elle qui dut défaire la jugulaire. Mes cheveux étaient trempés de sueur.

Elle m'aida à me lever et me conduisit vers un petit tertre couvert d'herbe. Le soleil m'enveloppa comme une chaude couverture. Elle n'arrêtait pas de me demander pourquoi j'avais fait cela, mais pour toute réponse je secouais la tête. Quand le reste du groupe arriva près de nous, la femme se releva pour les prier de s'en aller et avisa la jeune responsable que je n'avais rien et qu'elle rentrerait avec moi.

– Tu es blanche comme un linge, me dit-elle. Mais je ne tiens pas à ce que ces chevaux attrapent froid. Regarde comme ils fument ! Dès que tu seras en état, nous rentrerons.

Je lui répondis que j'étais prête, mais je ne tenais pas sur mes jambes. Elle m'aida à remonter en selle.

– Je ne veux pas rentrer à cheval.

– J'imagine ! Mais si tu ne remontes pas tout de suite, tu ne pourras plus jamais le faire. Essaie seulement de ne pas lui vomir dessus…

Faisant un marche-pied de ses deux mains, elle me hissa sur le dos de Nab. Après quoi elle me glissa les deux étriers aux pieds.

– Tu es dans un bel état ! remarqua-t-elle d'un ton sévère. Mais tu n'en mourras pas…

Nous chevauchâmes en silence. Le trajet de retour me sembla interminable. De temps à autre, elle me jetait un coup d'œil curieux, mais elle ne prononça pas un mot. Une fois à la maison, elle me conseilla d'aller prendre un bain.

– Demain, tu seras raide morte si tu ne prends pas un bain chaud.

J'avais envie que l'on s'occupe de moi.

J'aurais aimé que quelqu'un me prenne dans ses bras et me berce tout doucement, jusqu'à ce que je m'endorme. Je restai immobile, les bras croisés, serrés autour de mon corps, tandis qu'elle me faisait couler un bain.

– Je ne vais pas te laisser rentrer chez toi comme ça, à moins qu'on ne vienne te chercher. À mon avis, il faudrait plutôt appeler un médecin.

– Oh, non, je vous en prie !

– Alors ton père. Ou Chris.

Je me rappelai enfin qui elle était : la tante de Chris, Jill. En réalité, je n'avais pas voulu la reconnaître.

– Nous essayons, Chris et moi, de laisser un peu tomber le genre « tante Jill ». C'est vrai que c'est un grand garçon, maintenant.

Voilà ce que je t'ai fait.

Alors, tu vas te décider à partir, maintenant ?

Le coup de téléphone de tante Jill me tira du sommeil. Il devait être aux environs de midi.

– Ton vélo est en état de marche ? demanda-t-elle, ce qui était une drôle de question, même de sa part ; alors je lui fis un petit exposé sur mes nouveaux freins, qui ne l'impressionna aucunement.

– Ça te dirait de faire un saut chez moi à vélo ? On mangera un morceau ensemble.

– Génial ! répondis-je, ravi. Veux-tu que Guy vienne aussi ?

– Oh, non, s'il te plaît ! Pas les deux en même temps !

Lorsque j'arrivai, Jill était en train de nettoyer les écuries et en sortait à la fourche la paille souillée pour l'amonceler au milieu de la cour. Elle sortit en m'entendant arriver.

– Vingt-huit minutes ! annonçai-je en pédalant à sa rencontre.

– Je vais plus vite en voiture.

C'est alors que je vis la voiture de M. Garton garée près de la maison et je compris que l'invitation à déjeuner n'était pas fortuite.

– Que fait-il ici ? demandai-je, pétrifié.

Saisissant du bout de sa fourche de la paille fraîche, elle la jeta dans l'écurie, projetant alentour des dizaines de fétus dorés.

– Ce n'est pas lui, c'est Helen qui est là. Elle déjeune avec nous.

– Où est-elle ?

– Elle dort à poings fermés sur le canapé, me répondit-elle tandis que je descendais de mon vélo et me dirigeais vers la maison. Laisse-la se reposer un petit moment. Elle a eu très peur : le cheval qu'elle montait s'est emballé.

– Elle n'a rien ?

– Maintenant, ça va. Mais tu sais, Chris, avant que son cheval ne s'emballe, elle le montait comme pour le Grand Prix d'Amérique ! C'est une chance que j'aie eu Mercure, autrement je n'aurais jamais pu la rattraper. Et je vais te dire une chose : elle aurait pu se tuer.

Je me retins à l'appentis, m'y adossai et me laissai glisser jusqu'à ce que je me retrouve accroupi par terre.

– Maintenant je voudrais savoir pourquoi elle a voulu faire ça, s'enquit Jill.

J'étais incapable de lui répondre. Je regardai vers la maison. Ma gorge n'était plus qu'une boule, une petite boule, une araignée qui déploierait ses pattes puis les rétracterait.

– Il y a des problèmes, n'est-ce pas, Chris ? J'ai raison, dis-moi ?

Mon vélo était couché sur le côté ; la roue tournait encore, de plus en plus lentement. Je la relançai du bout du doigt.

– Cela a-t-il un rapport avec toi ?

J'acquiesçai. Jill planta sa fourche dans la paille et l'envoya dans l'écurie, recommençant mécaniquement les mêmes gestes : planter, lever, lancer, planter, lever, lancer. Sa silhouette se découpait sur la meule jaune vif. Elle ahanait dans l'effort et de longues mèches de cheveux lui tombaient sur les yeux.

– Cela ne me regarde pas, et il se peut que

je me trompe complètement, alors tu voudras bien me le pardonner. Mais ce que ta petite Helen vient de faire sur la lande ressemble fort à une tentative désespérée pour provoquer un avortement.

Jill nous prépara une salade. Personne ne mangea beaucoup. Après déjeuner, elle s'assit par terre, les genoux entre les bras. Helen et moi étions assis l'un à côté de l'autre sur le canapé. La grande pièce était éclairée par une immense baie vitrée d'où l'on pouvait voir, à travers les arbres, l'enclos où paissaient les chevaux et, au-delà, les prés et la lande. Malgré la douceur de la température, il restait encore de fins lambeaux de neige sur les murets de pierres sèches, au loin. On entendait déjà bruire les jeunes feuilles tendres des arbres les plus proches, dans lesquelles dansait le soleil.

– C'est curieux, dit Jill. J'ai arrêté de fumer il y a des années, et voilà que j'ai brusquement envie d'une cigarette.

Elle tendit les bras au-dessus de sa tête et s'étira en bâillant lentement.

– C'est parce que je voudrais vous dire quelque chose à tous les deux, reprit-elle. Et c'est assez difficile.

Un des chiens marcha vers elle, faisant crisser ses griffes sur le parquet, et vint se blottir contre elle sur le tapis. Elle lui caressa ses longues oreilles.

– Je vais vous raconter quelque chose que je n'ai jamais raconté à personne. Et soit dit en passant, votre secret sera bien gardé. À qui, quand et comment vous le direz, c'est à vous de décider. Attendez le moment propice. Et si vous avez besoin de mon aide, vous pouvez compter sur moi. C'est d'accord ? (Nous acquiesçâmes tous les deux.) Maintenant, je vais vous confier quelque chose, un autre secret.

– Je suis pleine de secrets, dit Helen. Un de ces jours, je vais éclater. Tout le monde me confie ses secrets à l'école.

– Ah, oui, de quel genre ? lui demandai-je, étonné.

– Impossible de les répéter ! répondit Helen en souriant.

Elle ôta ses chaussures et glissa ses jambes sous elle, de sorte qu'elle reposait entièrement sur moi, douce et si proche. Jill, pour sa part, ne m'était jamais apparue aussi peu sûre d'elle.

– Cela se passa quand Ginny avait aux environs de trois ans ; les garçons étaient à l'école. Les écuries commençaient à démarrer pour de bon, et c'était une chose que j'avais toujours voulu faire. C'était l'année où Mac m'a quittée. Et comme cadeau d'adieu, il m'a fait un autre enfant.

– Je ne savais pas..., balbutiai-je.

Helen posa la main sur mon bras. Jill ne nous regardait pas, elle fixait la fenêtre. Au-dehors, les arbres exécutaient une espèce de danse silencieuse. Leurs ombres s'agitaient doucement au sol et sur les murs.

– Et je ne voulais pas du tout de cet enfant, poursuivit Jill. Je ne l'avais pas demandé, je n'en voulais pas. À l'époque, cela me parut la pire des choses qui pouvait m'arriver. Alors je suis allée chez le médecin ; il s'est montré fort compréhensif. Je crois que j'étais passablement déprimée, avec Mac qui me quittait et les écuries qui me donnaient du souci. J'étais bouleversée et malheureuse. Aussi lorsqu'il m'a demandé si je voulais un avortement, j'ai accepté.

Dans la pièce, le silence était presque palpable. On aurait dit que seul le chien respirait encore, profondément endormi.

– Il m'a demandé si j'étais sûre de moi, et j'ai dit oui, oui, absolument sûre, sûre et certaine, à cent pour cent. Je ne voulais pas de cet enfant. Et je me suis fait avorter. Je n'en ai parlé à personne : ni à Mac, ni à ma sœur, ni à ma mère. Personne. Je suis allée toute seule à l'hôpital et ils ont fait le nécessaire. Cela s'est passé si vite, si facilement. Lorsque je me suis réveillée, après l'intervention, j'ai eu le plus grand mal à croire que tout était déjà terminé. Mais les médecins me l'ont assuré. Ils m'ont même dit que c'était un garçon. J'aurais préféré ne pas le savoir. Et puis je suis rentrée à la maison et la vie a continué.

Le chien bougea et étira ses pattes en bavant.

– C'était comme si cela n'avait jamais existé. J'ai fait tourner les écuries. Et puisque je n'en avais parlé à personne, je n'eus personne à qui me confier par la suite. Je me suis sentie terriblement seule après ça. Il n'y avait aucune raison de pleurer. Je n'avais même pas le droit de pleurer, d'ailleurs. J'avais enfoui mon chagrin si profondément que je n'aurais jamais cru qu'il puisse resurgir un jour.

Il y eut un long silence. Je pensais qu'elle avait fini de parler, mais elle ne bougeait toujours pas, ni ne détournait la tête de la fenêtre par laquelle elle regardait danser les feuilles.

Elle tapota le plancher, comme si elle écrasait une cigarette.

– Il aurait une quinzaine d'années aujourd'hui.

Avril

Cher inconnu,

Finalement, le moment propice pour parler à maman ne s'est jamais présenté. Je suis restée courbatue et endolorie pendant plusieurs jours, mais il ne s'est rien passé d'autre. J'ai dit à maman que mon cheval s'était emballé et que j'avais été très secouée. On ne peut pas dire que ça l'ait particulièrement touchée, mais par ailleurs, elle n'aime pas les chevaux. Ils la font éternuer, paraît-il. « Ce sont des animaux tout en chair, les chevaux », m'a-t-elle avoué un jour avec un petit frisson, comme si c'était sale, dégoûtant ou même grossier. Mais je savais ce qu'elle voulait dire. Pour elle, ils étaient trop physiques, tas de muscles et souffle chaud, et trop puissants. Elle n'a pas idée de ce que c'est que de sentir bouger sous soi, et avec soi, cette énorme masse de chair. Donc, lorsque je lui ai dit que mon cheval s'était emballé, elle s'est contentée de renifler, l'air de dire « ça ne m'étonne pas », et m'a plantée là. Il y a des jours où j'ai l'impression que je ne pourrai plus jamais me rapprocher de ma mère. J'aimerais tellement pouvoir lui raconter des choses, comme Ruthlyn le fait avec sa mère, mais elle ne m'y encourage pas. Je crois qu'elle préfère ne pas savoir ce qui se passe dans ma tête. Parfois, lorsque j'essaie de lui parler, elle tourne purement et simplement les talons, et c'est comme si elle me claquait la porte au nez. Cela me fait un drôle d'effet de penser qu'un jour je n'étais qu'une minuscule petite chose qui bougeait en elle, comme toi aujourd'hui. A-t-elle voulu de moi ? Je me demande si elle était assez proche de Nan pour lui parler de cela.

Je ne sais pas comment j'ai fait pour me remettre de ma folle chevauchée avec Nab. J'ai honte. Je n'arrive pas à croire ce que j'ai essayé de faire sur la lande. J'ai un peu l'impression d'avoir été sous l'empire d'un mauvais esprit, d'un être malfaisant. J'ai été incapable d'en parler avec Chris depuis le déjeuner chez Jill, et je sais que cela le fait souffrir. Il doit rester seul dans sa chambre, à la fois triste et mécontent, bouleversé aussi ; j'aimerais tant pouvoir lui dire simplement : « Chris, s'il te plaît, laisse-moi me débrouiller toute seule », mais même ça, je ne peux me résoudre à le lui dire. Alors, j'ai demandé à maman de lui dire que je ne voulais pas lui parler. Elle doit croire que nous nous sommes disputés, ce qui probablement ne lui déplaît pas vraiment. Je suis trop jeune pour être sérieuse, dit-elle. Qu'entend-elle par « être sérieuse » ? Quand je suis avec Chris, je ris et je souris, nous faisons des tas de trucs idiots, nous plaisantons de tout et de rien. Enfin, c'est ce que nous faisions en tout cas.

Mais aujourd'hui, je suis assise devant mon déjeuner et je refuse de manger car je ne peux rien garder dans l'estomac. C'est ce qui s'est passé tous les soirs de cette semaine. Cette fois, maman m'a jeté un regard glacial, un regard étrange et interrogateur. Elle a passé mon assiette à Robbie sans un mot et l'a envoyé en ville s'acheter un survêtement avec papa. Ils ont protesté un bon moment, furieux de gâcher leur samedi après-midi en faisant les magasins. Papa et Robbie s'entendent bien. Je me dis qu'une fois là-bas, ils s'amuseront quand même et réalisai brusquement que j'allais me retrouver toute seule avec maman.

Dès qu'ils furent partis, je courus dans ma chambre. Maman me suivit. Elle entra sans frapper à la porte et resta sur le seuil à me regarder, les mains dans les poches, sans rien dire. Je compris que c'était le moment ou jamais. Je me mis à fouiller fébrilement dans mon cartable comme si les mots qui me manquaient y étaient cachés ; si seulement j'arrivais à les trouver et à les mettre dans le bon ordre !

– Je veux savoir ce qui se passe, dit-elle.

Je me souviens d'avoir regardé par la fenêtre et remarqué qu'il commençait à pleuvoir. Je sentis une rougeur envahir ma nuque.

– J'ai un nouveau travail à faire pour Mlle Clancy, lui expliquai-je. Elle a dit que je devais faire les recherches préliminaires à la maison.

– Je n'ai strictement rien à faire de Mlle Clancy, rétorqua maman qui ferma la porte et s'y adossa, les bras croisés.

Elle semblait avoir du mal à respirer et ne cessait d'avaler sa salive. Posée sur ma table de nuit, la photo de Chris me souriait, floue.

– Que se passe-t-il, Helen ?

Les yeux me brûlaient. Je ne reconnaissais plus la voix de maman. Elle avait perdu son calme. Je cherchai en vain mes mots.

– Tu ne devines donc pas ?

J'ai dû me ronger les ongles sans m'en rendre compte car je me rappelle que maman s'est approchée et m'a tapé sur la main, ce qu'elle faisait tout le temps quand j'étais petite. Ce simple souvenir m'ôta toutes mes forces.

– Oui, je devine, dit maman en s'adossant de nouveau contre la porte, fermant les yeux et prenant une longue inspiration. J'aurais préféré l'entendre de ta bouche, mais je devine, reprit-elle d'une voix étranglée que je ne lui connaissais pas. Et combien de fois l'as-tu fait, bon sang ?

Sa question était tellement bête et inutile que cela m'aida à me mettre en colère.

– Qu'est-ce que ça change ? m'écriai-je avant que la honte ne m'envahisse.

Elle était bouleversée, et ce n'était pas sa faute, elle n'y était pour rien.

– Si, justement, ça change quelque chose ! Pour moi, en tout cas !

Deux rides affaissaient les coins de sa bouche. Je distinguais nettement les minuscules bulles de salive qui venaient s'y loger, aussitôt essuyées du revers de la main, pour réapparaître quelques secondes plus tard. Je ne sais pas pourquoi, mais cette vision m'aida à ne pas entendre sa respiration saccadée et douloureuse. Je n'avais jamais remarqué auparavant la maigreur de son cou dont la peau évoquait celle des dindons. Je savais à quel point elle souffrait.

Je lui dis que cela s'était produit une seule fois, dans cette chambre et dans ce lit, et comme s'il s'agissait là de la pire des choses dans cette histoire, elle croisa et décroisa les bras, mit les mains dans ses poches et les en ressortit, croisa de nouveau les bras.

– Tu n'as peut-être jamais entendu parler de décence ? Tu avais vraiment besoin de faire ça ? Après tout ce que je t'ai appris !

J'avais le sentiment d'être en présence d'un étranger qui ne parlait pas ma langue.

– On n'a pas réfléchi.

Ses mains battirent l'air, comme les ailes d'un oiseau qui n'a pas assez de place pour se poser. J'avais envie de les arrêter.

– C'est arrivé comme ça.

Sur ma table de nuit, la photo de Chris était entièrement floue. Je n'osais pas la regarder.

Maman hoqueta de nouveau, comme un petit enfant, et s'avança vers moi les mains tendues et les bras grands ouverts. Je me blottis contre elle, désarmée, et elle me serra dans ses bras comme lorsque j'avais six ans.

– Qu'est-ce qu'on va faire de toi, ma petite ? murmura-t-elle.

Lundi matin, maman m'a emmenée chez le docteur. Les murs de la salle d'attente étaient couverts d'affiches du genre : « N'attendez pas que ce soit votre bébé qui vous envoie chez le médecin. » Je ne les avais jamais remarquées avant. Je me sentis honteuse.

Ce n'était pas mon médecin habituel. Son examen fut rapide et efficace. Il dit à maman que je devais être enceinte de douze semaines. Bien que cela ne me surprît guère – je l'avais toujours su – j'en eus l'estomac retourné. L'entendre annoncer cela de façon tellement clinique et définitive me fit l'effet d'un couperet qui s'abattait sur ma tête. Je me rappelle avoir dit : « Je ne veux pas de bébé » d'une toute petite voix qui n'était pas la mienne, tandis que le docteur nous expliquait que si un avortement était souhaité, il devait être pratiqué avant seize semaines. «Au-delà, il serait dangereux pour la mère», ajouta-t-il. Les larmes me piquaient les yeux comme autant d'aiguilles acérées. Je n'arrivais pas à comprendre ce qu'il me disait. J'ai un bébé dans mon ventre.

J'ai passé toute la journée dans ma chambre, à t'écrire. Je ne veux parler à personne. Je ne m'y sens pas obligée à présent. Maman saura ce qu'il faut faire. Le téléphone ne cesse de sonner, et c'est toujours maman qui répond. Je dors et je me réveille, je me rendors et me réveille de nouveau, je ne sais pas si nous sommes encore le même jour. Tout ce dont je suis vraiment sûre c'est que tu es toujours là. La nuit tombe, la pluie vient frapper les vitres de ma chambre, c'est réconfortant de l'écouter tomber. Couchée sur mon lit, j'ai laissé les ténèbres se refermer sur moi comme une moelleuse couverture. J'ai entendu Robbie monter dans sa chambre sur la pointe des pieds. C'est la première fois que ça lui arrive. On a dû lui faire des recommandations. Puis j'ai dû m'assoupir encore puisque c'est le bruit de la porte qui m'a réveillée. Maman était sur le seuil, éclairé derrière elle, tandis que ma chambre restait plongée dans le noir. La lumière m'aveuglait. J'avais froid et j'étais tout engourdie. Maman s'est approchée de moi. J'entendis bruisser ses vêtements lorsqu'elle s'est agenouillée auprès du lit.

– Tu ressembles à une petite poupée, remarqua-t-elle.

Je détournai la tête. J'avais la gorge en feu.

– Personne n'en saura rien. Je ne dirai rien à papa, dit-elle.

Puis elle m'expliqua que le docteur avait tout arrangé, et que tout serait réglé à la fin de la semaine. En l'écoutant chuchoter ainsi à mon oreille, je me sentis glacée jusqu'aux os.

– Tu veux que tout soit fini très vite, non ? insista-t-elle.

Je dus me mordre la main tant la gorge me brûlait.

– Tu ne vas pas faire d'histoires, hein ?

Je me mordis les phalanges de toutes mes forces.

– Pense à ton avenir. C'est ton avenir. Tu ne dois pas le sacrifier.

Je secouai la tête, les yeux débordant de larmes. Mon avenir n'est qu'un puits noir et profond. Tout ce que j'y vois me terrorise. Maman me caressa les cheveux.

– Tu n'es encore qu'une enfant…

Maman remonta sur moi le couvre-lit, et je me mordis de nouveau la main : ma gorge, mon cou et mes épaules étaient paralysés par la douleur.

– Et j'ai parlé à Chris, poursuivit-elle. Tu ne le reverras plus. Il est d'accord avec moi. Ça vaut mieux.

Je fis semblant de dormir. Je n'avais rien entendu. Je ne voulais pas comprendre ce qu'elle venait de me dire. Quand elle sortit, j'entendis le bruissement de mon justaucorps vert accroché à la porte.

Cher inconnu. Tu n'as pas voulu cela. Je n'ai rien à t'offrir. Rien. De tout mon cœur, je suis désolée.

Lorsque je téléphonai à Helen ce soir-là, ce fut Mme Garton qui répondit.

– Un instant, dit-elle.

Croyant qu'elle allait chercher Helen, je m'assis sur la dernière marche en l'imaginant en train de s'approcher du téléphone, tout sourires, après quoi j'entendis une porte que l'on claquait et l'appareil que l'on reprenait.

– Bonjour, toi ! dis-je.

– Ce n'est pas Helen, elle dort, répondit Mme Garton.

Je regardai ma montre : il était 8 heures.

– Écoute, reprit-elle en baissant la voix.

On aurait dit qu'elle sifflait dans le téléphone ; en réalité elle essayait simplement de ne se faire entendre que de moi-même. Mais ses propos et son ton réussirent néanmoins à me donner la chair de poule.

– Helen m'a tout raconté. Alors écoute-moi bien : tu ne remettras plus jamais les pieds ici. C'est bien compris ?

J'acquiesçai, comme un imbécile. Que pouvais-je lui répondre ? Il n'y avait rien à dire. Et le sifflement de serpent reprit, sec et glacial :

– Elle s'est décidée pour une intervention chirurgicale. Tu comprends ?

J'acquiesçai de nouveau.

– C'est ce qu'il y a de mieux à faire, Chris. Mais je te défends de la revoir.

Je raccrochai, tandis que les mots que je venais d'entendre tournaient dans ma tête. Guy passa avec la lessive qu'il venait de sortir du sèche-linge et me lança une paire de chaussettes encore chaude ; comme je ne la lui renvoyais pas à la figure, il m'en lança une autre paire du haut de l'escalier. Je décrochai encore une fois le téléphone et recomposai le numéro. Dès que Mme Garton eut reconnu ma voix, elle raccrocha. Je l'imaginai en train de camper près du téléphone, les mains tendues au-dessus de l'appareil, prête à décrocher. Il fallait à tout prix que je parle à Helen. Je montai dans ma chambre : j'avais l'impression d'avoir des semelles de plomb, mes jambes pesaient une tonne. Le chat se glissa par la porte entrouverte et m'observa. Il sauta sur mes genoux : je le chassai du revers de la main. Il sauta de nouveau. J'attrapai mon bloc de papier et le balançai au-dessus de lui. Il gronda comme si je l'avais frappé.

« Helen, Helen chérie », écrivis-je.

Guy entra. Je cachai ma feuille des deux mains.

– Qu'est-ce que tu fais ? demanda-t-il.

– Rien du tout. Va-t'en.

– À qui tu écris ?

– À personne. Fiche le camp.

– Je peux prendre le chat ?

– Non ! hurlai-je. Mais bon sang, on ne peut pas écrire une lettre sans être dérangé, non ?

– Je t'ai fait ta lessive.

Je froissai la lettre et la lui lançai à la figure. Il l'évita de justesse.

– Et c'est bien la dernière fois que je m'occupe de tes sous-vêtements dégoûtants !

Le chat bondit sur la boule de papier et joua tranquillement avec, dans son coin.

« Nell chérie, écrivis-je. C'est aussi mon bébé. C'est un petit œuf. C'est la vie même. » Les mots se succédaient les uns après les autres sans que je sache exactement ce que j'écrivais. À vrai dire, je ne voyais même plus la page. « Sur deux cents millions de spermatozoïdes, un seul a atteint son but. Il est unique. C'est moi dans toi, Helen, et toi dans moi. S'il te plaît, ne le détruis pas. Je t'aime, quoi qu'il advienne. »

Je ne réussis pas à me relire. Je me sentais anéanti, un peu comme si, après avoir écouté une musique tonitruante, je me retrouvais brusquement dans le silence complet. Je glissai la lettre dans une enveloppe et la cachetai.

Je réalisai alors que la maison était silencieuse et que j'étais resté probablement des heures la lettre à la main. Je sortis. La nuit était étoilée. Je poussai mon vélo jusqu'à la rue et pédalai d'une traite jusqu'à la maison d'Helen. J'essayai de lancer des petits cailloux contre sa fenêtre, mais ils me retombèrent tous dessus. J'introduisis la lettre dans sa boîte, m'attendant à ce que quelqu'un l'attrape de l'autre côté. J'imaginai sa mère en train de la lire, furieuse contre moi pour ce que j'avais fait à sa fille. Helen aura certainement pensé que je lui écrirais, sachant que je n'ai pas d'autre moyen d'entrer en contact avec elle. Elle va certainement descendre tout de suite et trouver la lettre. C'était à risquer. J'ouvris les doigts et guettai le petit bruit que fit la lettre en touchant le sol.

Je relevai ma bicyclette et la poussai dans l'allée, en marchant sur la pointe des pieds sur les gravillons rouges. Le bruit de mes pas se répercuta dans toute la rue. Puis, j'enfourchai mon vélo et me retournai une dernière fois en me demandant si la porte de cette maison me serait un jour de nouveau ouverte. J'eus un moment d'égarement où j'imaginai que son père allait sortir pour me montrer des accords de guitare et, l'espace d'un instant, encore plus délirant, j'envisageai d'escalader la gouttière jusqu'à la chambre d'Helen et de passer la nuit avec elle, comme Roméo, puisque moi aussi j'étais banni ; mais je savais déjà que je me serais retrouvé par terre avant d'avoir dépassé un mètre.

Je n'avais aucune envie de rentrer à la maison. Je baissai la tête et dévalai la rue à toute allure, écoutant le bruissement des roues, et lorsque je débouchai sur la route, je me dirigeai droit vers la lande. Il n'y avait pas une voiture, aucun bruit ; quand j'eus laissé derrière moi les réverbères de la ville et n'eus plus pour seule lumière que le petit phare de mon vélo, j'eus l'impression que j'allais être englouti par une énorme bouche d'ombre. Je me dressai sur les pédales pour prendre de la vitesse ; j'ignore qui je voulais rattraper, ou fuir : moi peut-être, cette lamentable petite chose impuissante qui avait attendu en vain devant la porte d'Helen.

La route était escarpée jusqu'à la lande et l'on aurait dit que je me trouvais à l'intérieur d'un gant chaud et trop étroit. Puis je descendis en roue libre jusqu'à Fox House, dans le vent frais du printemps. Il n'y avait pas une maison, pas une voiture, pas un arbre, rien que les touffes sombres des bruyères et les contours indistincts des falaises. Je savais parfaitement où j'allais, et lorsque le sentier devint trop cahoteux, j'abandonnai ma bicyclette contre un rocher. Le visage pâle de la lune me souriait lugubrement, et les étoiles étaient énormes. On aurait dit de gros rochers blancs qui menaçaient à tout moment de se détacher du ciel. Je courus jusqu'au pied de la falaise : au-dessus de ma tête, à une quinzaine de mètres, dépassait le petit promontoire en saillie face à la grotte de Robin des Bois.

Je voulais y amener Helen un de ces jours. Je voulais y passer une nuit entière avec elle, la serrer dans mes bras et l'aimer, contempler avec elle le coucher du soleil, les étoiles et l'aurore.

J'escaladai sans peine les premiers mètres, puis je dus chercher des prises. La lune ne cessait de disparaître derrière les nuages. Je me hissai un peu plus haut contre la paroi et y restai plaqué, les jambes écartées, cherchant à reprendre mon souffle. Puis je réussis à atteindre un petit rebord à la force des poignets en me félicitant que Tom ne soit pas là, car il aurait certainement déjà fait deux fois l'aller-retour jusqu'au sommet ; c'est alors que je commis l'erreur de regarder en bas. Je ne devais pas être très haut, mais en dessous de moi il n'y avait qu'un grand trou noir où luisaient par endroits des pointes déchiquetées. Je me collai contre la paroi et, tout doucement, progressivement, tout se mit à tourner, de plus en plus vite, comme la grande roue à la foire ; mes oreilles bourdonnèrent, mon estomac se retourna, la falaise et le ciel étoilé tournoyèrent en une ronde effrénée.

Je ne sais absolument pas comment j'ai fait pour redescendre, mais lorsque j'eus retrouvé mon sang-froid, je levai la tête pour examiner la paroi : je n'étais pas monté à plus de trois mètres. Je ramassai un caillou et le lançai de toutes mes forces. Il explosa contre la falaise. J'en ramassai un autre et le lançai encore, puis un autre, et encore un autre. « Salaud ! Salaud ! Salaud ! », hurlai-je. « SALAUD ! »

Je mis un temps fou à retrouver ma bicyclette. À peine étais-je reparti que la roue heurta une pierre et que la chaîne sauta, coincée entre le châssis et le dérailleur. Je me coupai le doigt en essayant de la dégager. Je jurais comme un charretier.

Couvert d'huile, de sang, de sueur, fou de rage et en larmes, je parvins enfin à Sheffield, vaste lueur orangée parsemée de minuscules lumignons vacillants, à la rue d'Helen, aux boutiques et à l'école. À notre rue, notre maison, et l'escalier. Ma chambre. Mon lit.

Cher inconnu,

J'ai bien cru que ma dernière heure était arrivée. Comme maman ne sait pas conduire, c'est moi qui ai pris le volant, et elle a parlé sans arrêt. Elle lisait tout haut les noms des rues au fur et à mesure que nous les croisions, les affiches publicitaires et même les numéros d'immatriculation des autres voitures. On aurait dit qu'elle avait peur du silence. Et tandis qu'elle jacassait, moi de mon côté, je me répétais inlassablement la même chose : ce n'est qu'une opération banale destinée à m'enlever des cellules étrangères. Un point c'est tout.

Lorsque je garai la voiture sur le parking de l'hôpital, je vis un oiseau mort, dans l'herbe, une toute petite chose déplumée.

Maman resta avec moi quand on me pesa et m'examina, après quoi je dus me mettre en chemise de nuit. Elle rangea tous mes vêtements dans son sac. Elle allait passer la nuit chez sa sœur, qui habitait tout près de l'hôpital. Tante Pat nous raccompagnerait demain à la maison. Tout avait été parfaitement organisé.

Un médecin arriva avec une assistante sociale. Ils discutèrent avec moi et me demandèrent si j'étais vraiment sûre de mon choix. J'avais le plus grand mal à parler, ma bouche refusait de m'obéir. Je me demandai s'ils me détestaient et pourquoi ils faisaient ce métier. Puis maman me prit la main et me dit qu'elle me trouvait bien courageuse, et que je pourrais retourner à l'école à la fin de la semaine et que tout recommencerait comme avant. Mais elle ne put se résoudre à m'embrasser pour me dire au revoir. Je l'aurais serrée dans mes bras si elle l'avait fait. Je lui aurais demandé de rester avec moi parce que j'avais peur.

Le lit était haut et les draps si raides que j'eus l'impression de me glisser entre deux cartes postales. Je me couchai sur le côté, les yeux fermés, les genoux ramenés sous le menton, et essayai de t'imaginer. À douze semaines, tu devais ressembler à un petit têtard rose. Juste avant de venir, j'avais regardé dans un livre de médecine. Tu mesurais une dizaine de centimètres et pesais une quinzaine de grammes.

Je me revis sur le dos de Nab, ballottée en tous sens comme une poupée de son, et je pensai à toi, si minuscule, qui te cramponnais. Tu ne pensais à rien, ne savais rien, mais tu te cramponnais de toutes tes forces.

Et, couchée, dans le silence de l'hôpital, j'eus soudain le sentiment que c'était moi qui me cramponnais, comme si tu étais mon minuscule alter ego. J'eus le sentiment que tu savais quelque chose que je ne comprendrais jamais. Et j'eus aussi le sentiment d'être devenue double, deux personnes.

J'essayai encore de me concentrer sur toi, j'essayai de distinguer derrière ma peur ce dont j'avais réellement peur, quand l'infirmière entra avec un chariot. Elle arrivait trop tôt. Je n'étais pas encore prête. Elle ne me dit pas un mot. Lorsqu'elle leva une seringue à la lumière, j'eus brusquement très chaud et très peur. J'étais au bord de la panique. Comme je lui demandai la raison de cette piqûre, elle me répondit qu'on allait procéder à la petite intervention.

Je voulais voir Chris.

Je lui dis que j'avais besoin de parler à quelqu'un, et elle me dit de rester tranquille, que ça ne serait pas long, que je ne sentirais rien, et que tout serait très vite terminé. J'entendais le son de sa voix ; j'entendais la mienne aussi, dans ma tête, mais aucun son ne sortait de ma gorge. Je sanglotais en lui repoussant le bras. Elle dit que si j'avais besoin de parler, elle ferait mieux d'aller chercher quelqu'un. Dès qu'elle eut quitté la chambre, je respirai de nouveau. Je me glissai hors du lit et enfilai mes pantoufles. Il n'y avait rien dans mon armoire, hormis mon petit sac à bandoulière et ma trousse de toilette. Je les pris et sortis. Je pensai tout d'abord me cacher dans les toilettes, mais une fois dans le couloir, j'entendis revenir l'infirmière qui parlait avec quelqu'un. Je dépassai les toilettes et me retrouvai directement à l'accueil. La réceptionniste me tournait le dos, occupée à chercher un dossier ; je passai devant elle sans hésiter et poussai les portes qui donnaient sur le parking. Les clés de la voiture se trouvaient dans mon sac ; malgré le tremblement irrépressible de mes mains, je réussis à ouvrir la portière et à démarrer. Un jour, j'ai vu un film qui commençait en noir et blanc et se poursuivait en couleur. Je m'aperçus soudain que les feuilles des arbres étaient vert vif. Les tulipes des petits jardins étaient d'un rouge éclatant. Lorsque j'arrivai au feu rouge, la femme qui se trouvait dans la voiture la plus proche de la mienne me regarda bizarrement et dit quelque chose à sa passagère. Elles me dévisagèrent avant d'éclater de rire. Je ne leur en veux pas. Je leur souris. J'aimais bien cette chemise de nuit, mais j'aurais voulu leur dire qu'en général je dors dans un grand tee-shirt. J'eus le plus grand mal à conduire en pantoufles. Je mis une cassette, descendis la vitre et chantai à tue-tête.

En arrivant à la maison, j'eus encore plus de mal à marcher sur le gravier avec ces savates informes.

Je pris un bain. Je mis un CD à plein volume au rez-de-chaussée et laissai la porte de la salle de bains ouverte. J'espère que tu aimes la musique.

Puis je mis la superbe jupe en velours que je me suis achetée dans une boutique des années 1950, et qui ne va certainement pas m'aller longtemps, et j'ai repris la voiture pour aller voir papa à la bibliothèque. Il était en train d'aider un étudiant à trouver un livre. Je me sentis un peu nerveuse en le voyant. Je m'assis et l'observai en attendant qu'il me remarque.

Il avait les mains derrière le dos et bougeait les doigts comme s'il faisait des gammes au piano. C'était peut-être le cas. Il a tendance à se voûter, il est si maigre. C'est un homme tellement tranquille.

L'étudiant fit une réflexion qui l'amusa, et papa porta sa main à la bouche pour tousser discrètement ; c'est alors qu'il me vit. Il s'excusa et s'approcha de moi, presque sur la pointe des pieds.

– Qu'est-ce que tu fais là ? s'étonna-t-il.

Je lui tendis les clés de sa voiture.

– Maman est chez tante Pat. Elle va te téléphoner. Elle voudrait que tu la reconduises à la maison.

– Je ne comprends rien à ce que tu me racontes. Elle m'a dit que vous alliez passer deux jours ensemble chez tante Pat.

Tout ce que je voulais, c'était qu'il prenne les clés de la voiture. Mais manifestement, il tenait à en savoir davantage. Alors je lui dis.

– Je ne suis pas allée chez tante Pat. Je vais avoir un bébé.

Il a eu l'air tellement choqué et blessé, que je dus lui prendre la main dans les miennes. Je lui parlai de l'avortement et de l'hôpital. Me relevant la tête, il me regarda droit dans les yeux, comme s'il ne me reconnaissait pas ; il avait l'air hagard et terriblement inquiet. J'eus un peu l'impression que c'était à moi de le consoler.

Une des employées de la bibliothèque s'approcha de nous, et quand papa s'en aperçut, il lâcha mon menton et posa la main sur mon épaule. La bibliothécaire lui dit que sa femme était au téléphone. Il la suivit sans me regarder.

Il était 3 heures de l'après-midi lorsque je quittai la bibliothèque. J'allai à l'école de Chris en coupant à travers le parc. Il y avait un nombre incroyable de jeunes femmes avec des poussettes. Je n'avais jamais vu autant de poussettes. Les femmes se souriaient en se croisant, d'un air entendu, un peu comme des conspiratrices ou des membres d'une société secrète.

Chris fut un des derniers à sortir du bâtiment des premières. On aurait dit qu'il n'avait pas dormi de la nuit. Il était seul, et marchait en regardant ses pieds, son sac jeté sur l'épaule, l'air absent. Il serait passé devant moi sans me voir si je ne l'avais pas appelé. Il blêmit en me voyant. Je m'approchai de lui et attendis qu'il ait posé son sac. Lorsqu'il m'eut pris dans ses bras, je lui racontai tout.

Petit inconnu. Je ne te quitterai plus à présent.

– Qu'est-ce qu'on va faire maintenant?

C'est la seule question qui me vint à l'esprit, et lorsque Helen me répondit qu'elle ne savait pas, que c'était à moi de le lui dire, je lui proposai d'aller nous cacher dans notre grotte.

C'était une plaisanterie destinée à la faire sourire de nouveau.

– C'est ça le problème avec toi, Chris, répondit-elle d'une voix lasse et tendue. Tu es trop romantique. À présent, il s'agit d'être pratiques.

– J'ai un peu d'argent, déclarai-je. Et mon anniversaire tombe au mois d'août. Je pourrai travailler cet été.

On ne trouvait rien à faire dans la région, et je le savais. Dans ma rue, la plupart des gens étaient sans travail, quel que soit le moment de l'année, sans parler de l'été. Il faudrait que je descende dans le Sud pour trouver un boulot, et où habiterais-je ?

– Et ensuite ? demanda calmement Helen. Quand le bébé sera né ? Qu'est-ce qu'on fera à ce moment-là, Chris ?

Lorsque je rentrai à la maison ce soir-là, papa et Guy étaient dans le salon ; ils étaient en train de fouiller dans une boîte de vieilles photos. C'était pour la plupart des photos de ma grand-mère et de mon grand-père qui tous deux étaient morts avant ma naissance. Il y en avait quelques-unes de mon père quand il était petit. Je me laissai tomber dans le fauteuil du chat et les regardai faire le tri. Papa commentait les photos pour Guy ; j'avais entendu ses histoires des dizaines de fois. Je me laissai bercer par leurs voix ; j'étais à demi assoupi, ou à demi noyé. Leurs voix étaient comme des morceaux de bois auxquels je me raccrochais pour ne pas sombrer.

– Je te ressemblais quand j'avais ton âge, Chris, remarqua papa. Regarde cette photo.

Je ne voulais rien regarder du tout. Je ne voulais même pas ouvrir les yeux. Guy s'approcha de moi en marchant à quatre pattes et me tira par le bras. Je savais sans avoir besoin de la regarder à quelle photo papa faisait allusion. C'était celle que son père avait prise de lui en uniforme de soldat – cheveux ras, sourire fier, prêt à partir au service militaire. C'est vrai qu'il me ressemblait. En regardant cette photo, j'avais toujours tendance à le considérer comme un homme. Je me trompais. C'était un garçon au sourire timide et à l'air ingénu.

– C'était pendant la guerre ? demanda Guy.

– Toi alors ! Je ne suis pas si vieux que ça. En plus, je n'aurais certainement pas souri jusqu'aux oreilles si j'avais été sur le point de me faire couper en morceaux, tu ne crois pas ?

Il se pencha pour reprendre la photo et l'examina attentivement, en la frottant du bout du doigt, comme pour essayer de toucher ce visage surgi à nouveau du passé.

– Je ne me reconnais pas ! dit-il en riant. J'ai l'impression que c'était dans une autre vie. Je croyais que le monde entier m'appartenait dans ce temps-là. Tout comme toi, Chris.

Je fermai les yeux.

– Sauf que toi, tu pars avec beaucoup plus de chances que moi, poursuivit papa. (Impuissant, je me laissai entraîner loin de sa voix.) Tâche d'en tirer parti au mieux. On n'a qu'une vie.

Cher inconnu,

Lorsqu'elle est revenue de chez tante Pat, ma mère, ta grand-mère, est passée devant moi comme si elle ne me connaissait pas. Je l'attendais assise dans la cuisine, et quand j'ai entendu la voiture arriver, je suis allée ouvrir. Je m'étais faite belle pour elle et j'avais commencé à préparer le repas. Elle est montée directement au premier et, à mi-étage, sans se retourner, m'a dit :

– Tu m'as laissée tomber, Helen.

Il fallait que je laisse tomber quelqu'un.

Papa entra à sa suite en agitant ses clés de voiture. Il me jeta un regard soucieux et se dirigea vers sa pièce pour s'y enfermer et se perdre dans sa musique. C'est son moyen d'évasion – c'est le mien également, mais pas aujourd'hui. Je le suivis, m'assis sur le tabouret du piano avant lui et lui fis face.

– Qu'est-ce qu'elle a dit ? lui demandai-je.

– Elle est très bouleversée, Helen.

– Oui, ça ne m'étonne pas. Mais m'autorisera-t-elle à rester ici ?

Papa eut l'air angoissé.

– Grand Dieu, elle ne va pas te jeter à la rue !

– Mais me laissera-t-elle habiter ici avec un bébé ?

– Tu n'as pas vraiment l'intention de le garder, ma chérie ? dit-il d'un ton suppliant.

Je savais que j'allais craquer de nouveau et je me demandai si j'allais un jour m'arrêter de pleurer, si tout cela n'allait pas prendre fin. Je sentis les sanglots monter dans ma gorge. Il valait mieux que je m'abstienne de parler. Je tournai le dos à papa et ouvris le couvercle du piano. C'était ce qu'il aurait fait, et je ne pouvais faire autrement : c'était en moi, comme toi en ce moment, cela faisait partie de moi, au même titre que mon sang et mon souffle. Je commençai à jouer. Je ne sais pas ce que c'était, j'improvisai au fur et à mesure et, derrière l'océan tumultueux de la musique, ses paroles me parvenaient néanmoins.

– J'aurais fait n'importe quoi pour aller au conservatoire de musique. Tu le sais ?

Jamais auparavant la colère ne lui avait fait hausser le ton, mais peut-être était-ce le chagrin.

Je ne voulais pas l'entendre. Je plaquai sur le piano une suite d'accords graves.

– Tu es en train de gâcher ta vie.

Mai

Après cet épisode, Helen et moi essayâmes de passer le plus de temps possible ensemble. Je crois que la semaine qui suivit son bref séjour à l'hôpital fut la plus agréable que nous ayons passée tous les deux. Nous avions l'impression de ne faire qu'un, entièrement occupés du présent de l'autre. Le futur et le passé n'existaient pas pour nous.

– Mais qu'allons-nous faire ? me demandait Helen de temps en temps – ou alors c'était moi qui lui posais la question, dont la réponse ne variait jamais : nous ne savions pas.

– Quoi qu'il arrive, nous resterons ensemble.

Je n'avais pas le droit de m'approcher de chez elle ni de lui téléphoner. J'avais de plus en plus besoin de sa présence à mes côtés. C'est la raison pour laquelle, un après-midi, comme je croisai son frère Robbie qui rentrait de l'école, je lui demandai de transmettre un message à sa sœur. Il hésita : manifestement, Alice Garton lui avait fait la leçon.

– Je te donnerai un Mars, proposai-je et, voyant qu'il était sur le point de céder, j'ajoutai : c'est une mission secrète de la plus haute importance, Robbie, et tu es le seul à pouvoir l'exécuter.

Je voulais qu'Helen me rejoigne à la gare, le 15 mai, à 8 heures. Je fus néanmoins très étonné de voir qu'elle était au rendez-vous ce jour-là. Elle était en train de lire un roman de Thomas Hardy.

– Tu es inquiet ? me demanda-t-elle alors que notre train entrait en gare.

– Terriblement.

Le train était bondé et bruyant. Nous étions contents de changer à Manchester.

– Comment te sens-tu ?

– Très bien, répondit-elle en souriant.

Nous attendîmes sur le quai, main dans la main, regardant droit devant nous, perdus dans nos pensées.

Une fois dans le train, nous nous tînmes par la main jusqu'à Carlisle. Cela ne se voyait toujours pas. On aurait pu croire qu'il n'y avait rien de changé en Helen, mais nous, nous savions : c'était ce secret entre nous qui se manifestait par une légère pression de nos mains, de temps à autre, sans se regarder. C'est une chose très étrange et intime que cette façon de se tenir la main sans se regarder et de sentir ainsi la chaleur et le bien-être de l'autre. La première fois que j'ai vu Helen, ce qui m'a plu en elle c'est son air sympathique et paisible, elle dégage une espèce de tranquillité, d'égalité d'humeur qui vous met à l'abri de toute bouderie. Je ne peux pas dire que j'aime les filles qui boudent. Mais au bout d'un moment, j'ai compris que ce que je préférais chez elle, c'était son sourire. Helen est quelqu'un de très sérieux, comme son père, et lorsqu'on discute avec elle, elle vous étudie méticuleusement comme pour lire dans vos pensées, ce qui est un petit peu énervant. Cela vous donne envie de lancer des plaisanteries stupides, rien que pour essayer de la faire sortir de sa réserve. Et tout à coup, elle se met à sourire, et cela suffit à la transformer. Elle est extraordinaire quand elle sourit. Cela faisait des semaines que je ne l'avais pas vue sourire, elle avait les yeux battus, l'air malade et apeuré. C'était insupportable. Je savais que j'étais responsable de cela, et que c'était moi qui lui avais volé ce si beau sourire. Mais aujourd'hui, elle était de nouveau heureuse et en forme, et lorsque je lui serrais la main, je savais qu'elle souriait, même si elle était en train de regarder par la fenêtre et moi de lire un livre. C'était une sensation délicieuse. Je ne pouvais pas lui lâcher la main. Je voulais la toucher tout le temps.

Elle ne parle absolument pas de l'atmosphère qui règne chez elle. Naturellement, je n'avais plus le droit d'y mettre les pieds. Je crois vraiment que sa mère aurait préféré me savoir mort.

Ses parents sont venus voir mon père, peu après l'histoire de l'hôpital. Je n'étais pas là. Heureusement d'ailleurs. J'étais en train d'arbitrer un match de football sous la pluie, râlant d'être obligé de faire ce genre de chose, et ils étaient déjà partis quand je suis rentré à la maison. Apparemment, ils n'ont pas dû rester longtemps. Alice Garton avait préparé ce qu'elle avait à dire, et l'a dit sans s'interrompre une seule fois. Elle était très fâchée, paraît-il. M. Garton a passé son temps à se racler la gorge et à ôter ses lunettes pour les frotter contre sa cravate. Mon père se contenta d'écouter. Quand je suis arrivé, il était toujours assis au même endroit. La télévision était allumée mais sans le son. C'était une vision étrange que cet objet qui scintillait dans le coin de la pièce, et mon père qui le fixait, dans le silence lourd et glacial de la maison endormie, hébété, comme enveloppé dans un manteau encore couvert de flocons de neige. J'étais sûr que les Garton étaient passés. Je m'apprêtai à monter droit dans ma chambre, mais papa m'arrêta d'un geste de la main, et je vins m'asseoir au bord du fauteuil du chat.

– J'aurais préféré que tu m'en parles toi-même, dit-il. Cette femme est venue et n'a pas cessé de crier. Elle dit que tu dois épouser Helen. Je ne comprends rien du tout à cette histoire.

– Je voulais te le dire…

J'avais un chat dans la gorge. Je l'imaginai blotti entre mes amygdales, en train de scruter le fond de mon gosier.

– L'ennui avec les garçons, dit papa, c'est qu'ils s'en tirent à moindres frais. Du moins, c'est ce qu'ils croient.

L'écran de la télévision jeta un violent éclat, telle une bête prisonnière et muette avide de s'échapper de sa cage.

Je m'éclaircis la gorge.

– Ce n'est pas mon intention.

– Alors qu'as-tu l'intention de faire ? Tu ne vas tout de même pas me dire que vous voulez vous marier, à dix-huit ans !

Le mariage, un petit appartement quelque part et un crédit jusqu'à la cinquantaine. Cette idée m'affola. Si je devais me réincarner, j'espère que je ferais mieux la prochaine fois !

– Alors que veux-tu faire ? Et ton diplôme ? Et Newcastle ?

Je fermai les yeux ; je voulais qu'il se taise.

– Tu ne vas tout de même pas t'installer avec elle, non ? Loin de sa famille et de ses amis ? Qu'est-ce qu'elle va devenir, cette petite, enfermée dans une chambre d'étudiant à Newcastle ? Enfermée, avec un bébé !

Le chat avait réussi à remonter tout en haut de mon gosier.

– Il paraît qu'elle est très intelligente, cette petite.

– C'est vrai, marmonnai-je. Elle est très douée.

– Alors tu voudrais qu'elle gâche toutes ses chances, elle aussi ? Mais bon sang, à quoi avez-vous pensé ?

Tout était flou autour de moi. Les lumières en provenance de la télévision étaient violentes et étourdissantes.

– Sa mère a dit : ou tu épouses la fille ou tu ne la revois plus jamais. Je ne peux pas lui donner tort. Ce qui est fait est fait, figure-toi.

Je tendis la main pour caresser le chat, pour sentir sa chaleur et sa douceur. Avec une grande précision et beaucoup de délicatesse, il saisit mon doigt entre ses dents. Tant que je ne cherchai pas à retirer ma main, il ne me mordit pas. Je libérai mon doigt et me levai ; papa se leva à son tour. Il éteignit la télévision et s'approcha de moi. Il avait gardé, d'un accident de travail, une très légère claudication. Quand j'étais petit, certains de mes amis redoutaient de venir chez moi. Il s'approcha de moi, hochant un peu la tête, et comme j'avais peur, je reculai d'un pas. Il posa la main sur mon épaule :

– Ne va surtout pas croire que je ne suis pas désolé pour toi.

À ce moment, ma mère me manqua terriblement.

15 mai

Cher inconnu,

C'est de la folie d'avoir fait ce voyage avec Chris. Je l'ai fait parce que c'était un moyen de passer quelque temps avec lui. J'ai raconté à maman que c'était une excursion scolaire, bien que je n'aie pas mis les pieds à l'école depuis un temps fou. C'est horrible d'avoir à mentir à sa propre mère. Je déteste ça. Mais ce n'est pas le genre de mère à qui l'on peut dire la vérité, la plupart du temps. Elle ne veut pas l'entendre. Elle ne veut pas entendre parler de toi, petit inconnu. Tu n'existes pas. Nous ne parlons pas de toi.

Et comme nous ne parlons pas de toi, nous ne parlons de rien. J'ai perdu ma maman. Nous nous croisons comme deux étrangères, à la maison. Je mange dans ma chambre parce que je ne trouve rien à dire, parce que je ne supporte pas l'ambiance en bas, parce que je suis une proscrite dans ma propre famille. Papa me traite comme si j'étais en porcelaine, me demande à tout instant si je vais bien, me place des coussins dans le dos quand je m'assieds. Mais il ne se penche plus au-dessus du piano quand je joue pour transformer mon Chopin en boogie-woogie, ne me taquine plus au sujet de Chris, ni ne passe ses vieux disques de ragtime pour faire des claquettes dans la cuisine, se moquant de lui-même, heureux.

Tout cela est ma faute.

Donc quand Chris m'a demandé de l'accompagner à Carlisle pour aller voir sa mère, j'ai accepté. J'ai cru étourdiment que ça m'aiderait à renouer le contact avec la mienne.

Chris n'était plus qu'un paquet de nerfs, quand nous avons trouvé sa rue. Je crois qu'il aurait préféré faire demi-tour et rentrer par le premier train.

– On dirait vraiment que tu vas chez le dentiste te faire arracher trois dents, me moquai-je.

Mais je savais exactement ce qu'il ressentait. Petit inconnu, j'espère que nous ne nous trouverons jamais dans cette situation.

La mère de Chris fume, ce qui dès le départ a joué contre elle. Je l'ai senti à son haleine dès qu'elle nous a ouvert la porte, et à ses vêtements. Ils puaient véritablement. C'était une très jolie femme, qui sentait mauvais. Dans une certaine mesure, cela me donna du courage car je savais qu'elle ne pourrait rien nous reprocher ni nous dire ce que nous avions à faire. Quiconque se remplit les poumons de nicotine ou pollue l'air des autres n'a aucun droit de leur dire ce qu'ils doivent faire de leur vie. Voilà ce que je pense. Je repris donc courage dès que j'eus senti son odeur. Je ne laisserai personne t'empuantir l'atmosphère. Elle avait l'air beaucoup plus jeune que le père de Chris. Elle n'était pas maquillée ni bien habillée, mais elle était vraiment jolie, avec ses cheveux coupés court à la garçonne et ses immenses yeux noirs. Chris avait hérité de ses yeux. Elle avait l'air heureuse, aussi. J'imagine que c'est à cause de l'escalade, du bon air pur et de l'exercice. Quel dommage qu'elle fume. Je crois vraiment que je l'aurais bien aimée s'il n'y avait pas eu ce détail. Chris était fou de joie d'être auprès d'elle : il souriait sans arrêt et ne cessait de se passer les mains dans les cheveux. Je voulais les lisser chaque fois qu'il les dressait sur sa tête. Je me demande si elle n'en avait pas envie, elle aussi.

Son nouvel ami était là également. Il ressemblait à tous les grimpeurs que j'avais vus à Stanage Edge, il portait même une barbe grisonnante, comme eux. Je les avais vus trimballer leur matériel, les cordes enroulées sur l'épaule, faisant tinter toutes sortes de crochets et de crampons suspendus à leurs vêtements.

Comme il faisait très chaud ce jour-là, il était en short. Il a les jambes très poilues. Je suis prête à parier qu'il a des poils partout. Il avait un petit nœud de varices juste sous le genou, comme une minuscule grappe de raisin. Lorsqu'il surprit mon regard sur sa jambe, il posa la main sur son genou.

Je fis le tour de la maison car je me sentais trop énervée pour rester en place. Elle n'arrêtait pas d'appeler Chris Christopher et de lui dire qu'il était grand, comme s'il ne le savait pas, et elle lui posa des questions sur Guy, sur l'école, et elle demanda même des nouvelles du chat. Pas une seule fois elle ne fit allusion au père de Chris. Je me demande ce qui s'est passé entre eux. Il était plus facile de les imaginer séparés qu'ensemble, mais ils se sont probablement aimés un jour. C'est étrange de penser qu'on peut tomber amoureux et ne plus s'aimer, que l'amour peut se transformer en haine, et que ce sont les gens qui vous ont aimé le plus qui vous feront le plus de mal. Je le sais parce qu'on me l'a dit, et que je l'ai lu dans des livres, mais je n'arrive pas à le comprendre. Je ne comprends pas ce qui fait que ma mère et mon père forment un couple, par exemple. Papa n'est heureux que lorsqu'il lit ou joue du piano. Je ne peux pas les imaginer en train de s'embrasser, ou de se tenir la main, ou de se chuchoter des choses à l'oreille. Je suppose qu'ils ont dû le faire, un jour. Mais je ne comprends pas non plus ce qu'est l'amour. Je ne comprends pas comment il peut vous emporter, vous renverser comme une vague gigantesque qui vous coupe le souffle, vous submerge. Je pensai à tous les garçons du Yorkshire, des milliers de garçons : j'aurais pu rencontrer et aimer n'importe lequel d'entre eux, probablement, mais c'est Chris qui a eu ma préférence. Comment se peut-il qu'il n'y ait pas une seule seconde de la journée où je ne pense à lui, et pourtant, avant, j'avais l'impression de penser à des tas d'autres choses. J'ai parfois le sentiment de n'être plus un être de chair et de sang, mais d'être composée de milliards d'éclats de miroir microscopiques, et qu'un des côtés de chaque fragment renvoie mon reflet et l'autre, celui de Chris. Ils tournoient et virevoltent comme les particules de poussière dans le soleil, et moi, je suis toujours là et personne ne s'aperçoit que quelque chose a changé en moi.

Pendant tout le temps où elle parla à Chris, j'eus l'impression d'être nichée à l'intérieur de sa tête à lui ; j'étais tendue, mal à l'aise et malheureuse pour lui, pour les mêmes raisons et en même temps que lui. Je continuai de déambuler dans la maison, examinant les photos qui couvraient les murs. Elle m'en donna une, parce que je l'avais prise pour la regarder. C'était l'éperon rocheux d'une montagne au pied de laquelle s'étendait un lac. C'était, me dit-elle, Catbells, dans le Lake District. Il se dégageait de ce paysage une étonnante atmosphère de sérénité, et c'était en quelque sorte une image double puisque reflétée dans le lac. C'était gentil de sa part de me l'offrir. J'aimerais bien aller là-bas, mais j'attendrai que tu puisses m'y accompagner. C'est idiot, n'est-ce pas ? Désormais, tu m'accompagnes partout. Un jour, je t'emmènerai faire du bateau au milieu du lac et tu contempleras les crêtes et les rochers.

– Ils sont à toi, petit inconnu, dirai-je. Je t'offre le monde.

Je n'arrive même pas à imaginer ce qui va arriver ensuite. Mais cette photo est une sorte de pont qui me fait traverser le gouffre noir du néant absolu.

Au cours du voyage, Chris m'avait dit qu'il ne faisait pas tout ce trajet rien que pour la féliciter sur sa soupe aux lentilles et lui faire part de ses projets de vacances. Il voulait lui parler de ce à quoi il tenait le plus dans sa vie, et cela nous fit chaud au cœur, à toi et à moi. Je me moque souvent de Chris quand il est comme ça, et cela m'énerve qu'il soit si romantique. En plus, la façon dont il me regarde devant d'autres gens me gêne terriblement. Mais je suis contente quand même.

Nous eûmes effectivement de la soupe aux lentilles pour déjeuner. J'eus peur de croiser le regard de Chris quand elle l'apporta sur la table. C'était délicieux : des lentilles blondes avec des oignons et de petits morceaux de pain aux céréales. Mais lorsqu'elle dit, pour entretenir la conversation : « Vous avez déjà fait des projets pour les vacances ? », Chris sourit et hésita un instant. Moi, je sautai aussitôt sur l'occasion : « Je ne crois pas que l'on parte quelque part, dis-je. Je vais avoir un bébé à l'automne. »

Je regrette de n'avoir pas attendu que tout le monde ait fini sa soupe.

– Oh, je vois, répondit-elle en nous regardant l'un et l'autre alternativement, comme si elle voulait nous confronter.

Certains individus sont incapables de cacher leurs sentiments, mais je ne savais absolument pas ce qu'elle pensait. Son ami, qui venait de porter à sa bouche une cuillerée de soupe, faillit s'étouffer. Personne ne parla ; on n'entendait que la soupe goutter de nos cuillères et la petite toux étranglée de l'homme qui s'efforçait de rester discret. Il était écarlate, des larmes coulaient de ses yeux et il déglutissait par à-coups en gardant la bouche hermétiquement close, de sorte que sa pomme d'Adam montait et redescendait comme un ascenseur au-dessus des poils qui dépassaient de son tee-shirt.

– Je t'en supplie, Don, va donc boire un verre d'eau ! lança la mère de Chris.

Il se leva précipitamment et courut à la cuisine, la main sur la bouche tandis que la soupe lui coulait le long du menton. Dès qu'il fut hors de notre vue, il donna libre cours à sa toux, qui tenait plus de l'aboiement, d'ailleurs, et ne revint pas à table avec nous. Il devait certainement se sentir très gêné. Un jour, je suis sortie avec un garçon, avant de rencontrer Chris. Il était plus âgé que moi et m'impressionnait beaucoup parce qu'il était informaticien. Il m'emmena au restaurant. Je croyais qu'on allait juste boire quelque chose, et je n'osai pas lui dire que j'avais déjà dîné. Il commanda du saumon frais pour nous deux. Je n'en avais jamais mangé et j'ignorais qu'il y avait de telles arêtes. Dans les saumons en boîte, elles sont toutes petites et se mâchent sans mal. À peine eus-je porté ma fourchette à la bouche que je m'aperçus qu'il m'était impossible ni de mordre dedans, ni de mâcher, ni d'avaler. Je ne savais plus quoi faire, avec ce type qui n'arrêtait pas de me regarder et de me parler de ses programmes d'ordinateurs. Je ne pouvais même pas recracher le tout dans mon assiette. Je pleurais, comme l'autre, le poilu. Finalement, je me levai et allai aux toilettes. J'y restai des heures, essayant de me convaincre qu'il fallait retourner dans la salle et finir ce maudit poisson, quand je me trompai de porte et me retrouvai dans la rue. Alors j'ai sauté dans un autobus et je suis rentrée chez moi. Je crois que c'était très mal d'agir ainsi, et j'espère ne jamais tomber sur ce garçon. J'aurais peut-être dû lui proposer de payer ma part. Mais il était parfaitement ennuyeux. Et il ne m'avait même pas demandé si je voulais du saumon.

Je souris à ce souvenir et attaquai ma soupe de lentilles avant qu'elle ne refroidisse. La mère de Chris se pencha vers moi et me bombarda de questions : quel âge j'avais, si j'étais sûre de moi, quelles dispositions j'avais prises, à tel point que j'eus brusquement envie de pleurer et j'explosai :

– Mais c'est aussi le bébé de Chris !

Elle éclata de rire, un rire sec et sonore, et sortit de sa poche un paquet de cigarettes. J'ai horreur des gens qui fument quand on est encore à table. On ne sent plus que leur fumée. Alors je lui ai demandé si je pouvais avoir encore un peu de soupe de lentilles parce que je la trouvais vraiment délicieuse, et je suis sortie dans le jardin m'asseoir sur un banc, pour la manger. Au bout d'un moment, je retrouvai mon calme. Je me sentais bien au soleil, prête à faire un petit somme. J'entendais Chris et sa mère discuter, leurs voix me parvenaient par vagues car j'étais presque assoupie, après quoi je l'entendis lui dire qu'il n'avait pas l'intention d'abandonner ses études.

J'allai dans la cuisine où je fis beaucoup de bruit en lavant mon bol de soupe, faisant tomber des cuillères par terre et cherchant quelque chose d'autre à manger. J'avais une faim de loup. C'est quand même bizarre de ne pas offrir aux gens un repas digne de ce nom, surtout quand ils viennent de si loin. Pas des « gens », en plus. Mais votre propre fils ! J'en aurais pleuré pour Chris ; j'étais tellement déçue pour lui. J'ouvris le Frigidaire : il y avait quatre assiettes de crudités. J'en pris une. Chris et sa mère étant encore en train de parler lorsque j'eus terminé mon plat ; je sortis les deux autres assiettes du frigidaire et les posai sur la table. Chris devait être mort de faim. Nous étions partis depuis le matin, 6 heures. Je me comportai en serveuse de café modèle, discrète et muette ; Chris me regarda, posa sa main sur la mienne et la serra.

– Je vais dans le jardin, déclarai-je.

Je pris un yaourt et sortis. Sa mère me rejoignit quelques instants plus tard. Chris faisait la vaisselle. Elle eut l'air un peu étonnée de me voir manger un yaourt, et je pensai soudain qu'elle voulait peut-être les garder pour autre chose. Cela ne m'empêcha pas de le finir. Ça ne coûte pas très cher, un yaourt.

Elle s'assit dans l'herbe et me regarda, soufflant par la bouche la fumée de sa cigarette. Du bout de l'index, elle en faisait tomber la cendre dans l'herbe. Elle avait l'air tout à fait tranquille et sereine, mais j'avais le sentiment qu'en réalité elle était tendue et un peu désorientée. Cela a dû être difficile pour elle de revoir Chris, après tant d'années. Je suis sûre qu'elle était entièrement nouée, sous ses airs calmes et dégagés. Je suis sûre qu'elle est allée se coucher avec une migraine épouvantable dès qu'on est partis. Je me demande si elle fume toujours autant. Comme je toussais, elle mit sa main derrière elle et une petite colonne de fumée s'éleva dans son dos.

– Christopher m'a dit que tu étais aussi en première, Helen, dit-elle.

Elle a une jolie voix. Plus distinguée que celle de Chris ou de son père. Comme dirait maman, je crois qu'elle s'est mariée en dessous de sa condition. Que c'est bête de dire une chose pareille ! Comment quelqu'un peut-il valoir moins que quelqu'un d'autre sous prétexte que sa prononciation est différente ou qu'il est originaire d'un quartier différent ? Et si c'était un prodigieux flûtiste, ou un couturier de génie, ou un menuisier ou un jardinier extraordinaire ? Je songeai au père de Chris, penché sur son tour de potier, concentré sur son ouvrage, satisfait, façonnant de ses grandes mains de si jolies tasses. Je préférerais de loin vivre avec lui qu'avec le poilu.

Je lui répondis que je n'étais pas dans la même école que Chris parce qu'il n'y avait pas de classe de musique en première.

– Musique ? s'étonna-t-elle en levant les sourcils.

J'avais regardé sa pile de disques. Elle aimait beaucoup Mozart apparemment.

– C'est bien. Que fais-tu d'autre ?

Je lui expliquai que je faisais des maths, du latin et de la danse. Elle leva de nouveau les sourcils et ne dit rien. Ce n'est pas ta faute, petit inconnu. Je ne pense plus du tout à la danse. J'ai rangé mon maillot de danse dans un tiroir. Je préfère ne plus le voir, c'est tout.

– Musique, latin, maths et danse, murmura-t-elle, comme si c'était un vers de poésie. Tu aimes bien tout ce qui est ordre et rythme, à ce que je vois.

Sa réponse me fit plaisir : j'aime beaucoup cette manière d'envisager les choses.

– Et tes examens commencent le mois prochain ?

Je crus alors qu'elle n'avait pas bien compris. Je crus qu'elle t'avait oublié. Entre maintenant et ton arrivée, il ne se passe rien. C'est le vide total. Un tunnel. Quand j'y pense, j'y tombe moi-même. Je rentre à l'intérieur de moi-même pour me retrouver dans le noir avec toi.

– J'espère que tu réussiras, Helen, dit-elle avec un sourire si chaleureux et encourageant qu'elle me plut de nouveau. Tu le dois à toi-même, à ta maman et à ton papa.

Elle se pencha vers moi et me tapota gentiment le ventre : c'était un geste tellement incongru, intime et audacieux que j'éclatai de rire sous l'effet de la surprise. Elle rit avec moi.

– Et tu le dois aussi à cette petite chose.

Tu as senti, petit inconnu ? Tu as entendu ? C'est ta grand-mère qui vient de parler. Mais l'idée d'être grand-mère ne lui plaît pas tant que ça. Dans les histoires, les grands-mères ont toujours les cheveux blancs, des rides, une canne et des lunettes ; la tienne est jeune et jolie, et c'est une alpiniste chevronnée.

Le retour en train fut très tranquille pour Chris et moi. Il passa son bras autour de mes épaules et je me blottis contre lui, la tête reposant sur son bras. Il devait me croire endormie. Mais je ne dormais pas : j'essayais de planifier l'emploi du temps de mes révisions. Demain je téléphonerai à Ruthlyn et lui demanderai de passer à la maison pour faire un peu de maths avec moi. Je n'avais pas de problèmes pour la musique et le latin. La danse... eh bien, pour la danse, ça dépendrait de mon état. Mais je me sens en pleine forme. Je vais en parler au docteur Gilbert et je verrai bien ce qu'il me dira. Il n'est pas trop tard. Et la proposition du conservatoire de musique tient toujours. Je pourrais m'y inscrire plus tard. Je sentis une espèce d'excitation monter en moi. Il n'est pas trop tard. Je me le répétai inlassablement dans le train : il n'est pas trop tard, pas trop tard, pas trop tard.

Nous ferons tout cela ensemble, petit inconnu.

Ce fut une expérience des plus étranges que de retrouver ma mère, de la voir non comme un fantôme ou un ogre, ou encore une créature extraordinaire, mais simplement comme une femme. Elle était plus jolie que je ne m'y attendais. Je ne sais pas pourquoi cela m'a étonné ; peut-être parce que mon père est un type tout à fait banal. Elle était très nerveuse, elle aussi. L'air était chargé d'électricité. Je crois qu'Helen était la seule à être calme lorsque nous sommes entrés dans cette maison ; elle n'a pas cessé de rôder dans la pièce, comme un lion en cage, fouinant dans les livres et les disques de ma mère, décrochant les photos des murs. Le repas fut assez désagréable : c'est plutôt déplaisant de manger devant des étrangers en général, mais lorsqu'il se trouve en plus que cet étranger est votre mère, c'est une véritable torture. Si vous avez de quoi occuper vos mains, en revanche cela vous coupe le sifflet.

Don, lui, n'avait aucune envie de se trouver parmi nous. Ça a dû être encore pire pour lui que pour nous. Il s'est montré plein de tact, à en juger par la façon dont il est resté en retrait, laissant à ma mère le soin de mener la conversation, sans essayer d'intervenir ou de poser des questions ; il s'est contenté d'être là pour la soutenir, j'imagine. Et puis Helen leur a fait exploser sa bombe à la figure, et le pauvre type n'a pas résisté au choc. Il a profité de l'occasion pour aller faire un tour, et ça a dû être un grand soulagement pour lui. En tout cas, c'en a été un pour moi. Mais ça a été sans doute un peu dur pour Helen qui est allée prendre l'air dans le jardin. Nous nous sommes donc retrouvés tous les deux seuls, maman et moi. C'est seulement à ce moment que nous avons véritablement commencé à parler.

– C'est très courageux de ta part d'être venu, dit-elle. Tu es beaucoup plus courageux que moi.

– Cela faisait très longtemps que j'avais envie de te voir. Avant que… tu sais, avant qu'Helen…

– Quand je pensais à toi, je t'imaginais comme un petit garçon de dix ans, passionné de ses trains électriques et de Batman, avec une petite voix haut perchée et couvert de taches de rousseur. Et je me retrouve en présence d'un jeune homme qui est amoureux et bientôt papa.

J'avais terminé ma soupe de lentilles mais, malgré tout, j'avais le plus grand mal à avaler ma salive.

– Que vas-tu faire ? s'enquit-elle.

– Je ne sais pas.

– Que veux-tu faire ?

– Tout, répondis-je en tentant de déglutir. Je voudrais passer mon diplôme à Newcastle. (Je regardais mes mains.) Et je voudrais rester avec

Helen. Je ne sais pas exactement ce qu'elle veut, elle. Elle n'en sait rien.

– Christopher, j'ai fait une chose affreuse le jour où j'ai quitté ton père.

– Oui, je sais.

– Mais avant, j'avais fait une chose plus terrible encore : l'épouser.

Les yeux me brûlaient. Je ne pouvais plus la regarder.

– Tu veux bien que je t'en parle ?

– Si tu y tiens.

Je ne savais absolument pas si je voulais ou non en savoir davantage. Était-ce pour cela que j'étais venu ? Je n'en avais pas la moindre idée.

– Je devais être un peu plus jeune qu'Helen quand j'ai rencontré Alan. Mon père est mort quand j'avais douze ans. Ma mère en fut brisée. Parfois, ce genre de choses donne aux gens une force qui leur était inconnue ; parfois, au contraire, ça leur ôte tous leurs moyens. J'ai été élevée par ma grand-mère, mais c'est ma sœur qu'elle préférait. A l'époque, tout le monde préférait Jill. Je quittai l'école à seize ans, bien qu'ayant les capacités de poursuivre mes études, à ce qu'il paraît. J'en avais marre, tu comprends. Il y a des fois où l'on fait de mauvais choix pour de bonnes raisons. J'ai rencontré ton père au travail. Il était ouvrier agricole et moi j'étais employée dans un bureau. Il venait toujours s'asseoir à côté de moi dans la cour, à l'heure du déjeuner, pour me parler. Il avait dix ans de plus que moi et était très paisible et sensible. Il avait une très haute opinion de moi ; il m'adorait. Grâce à lui, je me suis sentie quelqu'un, et désirée. Et il avait une maison. Il me suppliait de l'épouser. C'était ma planche de salut. Je croyais que je l'aimais. C'était peut-être vrai, mais je me trompais sur la qualité de mon amour.

Helen revint fouiller dans la cuisine où elle fit tomber des couverts et toutes sortes de choses. Je pensai à papa, mon gentil papa, si bon et si prévenant, et j'eus très envie de pleurer pour lui. Ma mère et moi restâmes un long moment sans rien dire, et Helen entra sur la pointe des pieds dans la pièce, en essayant d'être discrète, et nous apporta des assiettes de crudités. Sa présence me fit l'effet d'un véritable rayon de soleil. Je posai ma main sur la sienne, seulement pour qu'elle le sache.

– Je vais dans le jardin, dit-elle.

La maison retomba dans le silence.

– Et alors tu as rencontré Don.

– J'ai rencontré Don. Ça s'est passé deux ans après la naissance de Guy. Je me mis à fréquenter toutes sortes de clubs, rien que pour pouvoir sortir. Votre papa vous adorait. Il aurait tout fait pour vous. La seule chose qui l'intéressait le soir, c'était de rester à la maison avec vous, pour vous lire des histoires, jouer au train électrique ou aux Lego. Moi, j'avais besoin de sortir. Ça ne le dérangeait pas. Je me suis inscrite dans un club d'escalade, et c'est là que tout a commencé. Je suis tombée amoureuse, vraiment amoureuse. J'avais vingt-six ans, deux enfants, et pour la première fois de ma vie, j'étais amoureuse. Trop tard. Beaucoup trop tard. C'était insupportable. Je ne savais plus quoi faire. J'ai cru que j'allais mourir, Christopher, crois-moi, c'est la vérité. J'ai cru qu'une partie de moi, la vraie, était en train de mourir. Je ne cherche pas d'excuses ni à me justifier, mais la seule et unique chose que je pouvais faire pour maintenir en vie ce moi authentique, c'était de partir avec Don, et au bout de quatre années d'angoisse, c'est ce que j'ai fait.

Elle repoussa son assiette et sortit ses cigarettes de sa poche. Elle les repoussa également.

– Je me suis remise à fumer ces cochonneries quand j'ai reçu ta première lettre.

– Tu ne voulais pas me voir ?

– Je ne pouvais pas supporter l'idée de vous voir, quand vous étiez petits. Ça a été horrible de quitter Alan. J'étais amoureuse de Don, j'avais ce que je voulais, nous étions ensemble, et j'avais abandonné mes deux enfants pour arriver à cela. Je souffrais de ne pas vous voir, mes garçons. Tous les jours, pendant des mois, j'ai failli revenir à la maison, et si je l'avais fait, j'aurais dit adieu à tout jamais à mon vrai moi.

Ce que je désirais le plus au monde, c'était de vivre avec Don et de vous avoir avec moi, mes enfants. Mais j'aimais Alan, pas comme une épouse, mais comme une fille, ou comme une amie, peut-être. Je ne pouvais pas lui enlever aussi ses enfants. Comment aurais-je pu lui faire une chose pareille ? J'ai donc pris la décision de ne jamais essayer de vous revoir. J'imagine que c'était une manière de me punir. Je sais aujourd'hui que cette décision n'était pas la bonne.

Quelques heures plus tard, une fois dans le train, ses paroles continuaient à tourner dans ma tête, comme de minuscules souris perdues dans un dédale de tunnels, passant de la lumière à l'obscurité, puis ressortant au grand jour pour replonger à nouveau dans les ténèbres. Je crois qu'Helen dormait, nichée au creux de mon épaule. J'étais heureux. Je ne voulais pas avoir à parler.

Juin

Il faisait un froid incroyable le matin de la première épreuve d'anglais. Tout le monde m'avait dit qu'il y aurait une vague de chaleur en juin, c'était classique, et qu'elle durerait jusqu'à la fin des examens. On m'avait dit aussi que j'aurais le rhume des foins – et que je serais incapable de lire le sujet à cause du nez qui coule et des yeux qui larmoient – et que j'attraperais un coup de soleil sur la nuque, pendant que je suerais à grosses gouttes sur ma copie. Ce n'est pas du tout ainsi que les choses se sont passées cette année. J'avais les pieds gelés, en attendant dans le hall de l'école. Je regrettais de ne pas avoir mis mes grosses chaussettes de randonnée. En plus, je n'avais pas fermé l'œil de la nuit, obsédé par les citations de *Hamlet* et de *Beaucoup de bruit pour rien*. J'avais sociologie cet après-midi, et ma tête était aussi pleine de noms, de dates et de théories en tout genre. Je pensais qu'on aurait pour sujet : « Sexe et Éducation ».

Je ne pouvais m'empêcher de songer que tout cela était une perte de temps inimaginable. Franchement. Pas les connaissances, non, les révisions. Un peu comme si l'on vous forçait à ingurgiter un énorme repas le jour où l'on a envie d'un sandwich. Alors on vomit le tout devant les examinateurs et on repart se gaver pour le lendemain.

Il paraît que les révisions enivrent parfois, comme la vitesse. Ça vous met dans un état d'irréalité où ce qui se passe dans votre tête a dix mille fois plus de sens que ce qui se passe dans la vie réelle. De toute façon, qu'est-ce que la vie réelle ? Peut-être que la seule réalité est ce que vous pensez ou expérimentez à n'importe quel moment de votre vie.

Pendant que je révisais mon anglais, Hamlet me trottait dans la tête, comme une autre vie menée parallèlement à la mienne. Il aurait fait irruption dans la cuisine à n'importe quelle heure, en pourpoint et haut-de-chausses, je n'en aurais pas été étonné le moins du monde. « Eh bien, Hamlet, lui aurais-je dit en lui préparant une tasse de thé, si l'on parlait un peu de votre mère. » Et peut-être aurait-il répondu : « Mon petit, nos cœurs exigent que l'on parle de nos mères, mais qu'en est-il de nos bien-aimées, hein ? » Ou quelque chose d'approchant, sauf qu'il aurait respecté le pentamètre ïambique. Et Ophélie serait arrivée à son tour, ruisselante d'eau dans sa robe blanche, chargée de fleurs, tenant Helen par la main.

Je deviens fou. Insensé fripon jaseur.

Est-ce que j'ai vraiment envie de passer un diplôme d'anglais ? À quoi bon tout cela ? Tout ce que je veux, c'est Helen.

Elle m'a téléphoné juste avant mon départ de la maison pour me souhaiter bonne chance. À en juger par le bruit des voitures, elle devait téléphoner de la cabine qui est au bout de sa rue. Son premier examen n'avait lieu que le lendemain. Musique. Elle le passerait comme elle danse une valse, comme tous les examens auxquels elle se présente. Je ne crois pas avoir rencontré quelqu'un d'aussi intelligent qu'Helen.

Tout alla très bien jusqu'à ce que j'arrive dans le hall de l'école. Quand je les ai vus sortir des salles de classe dans un état d'agitation indescriptible, jeter par terre leurs stylos et leurs règles en disant qu'ils n'avaient rien su faire, je commençai à paniquer. Le lieu était chargé d'électricité, comme dans une forêt de pylônes. Tom faisait les cent pas, débitant des pages de citations comme s'il s'agissait de listes de courses, mélangeant tout et demandant : « C'est dans quelle pièce, ça ? Qui c'est le vieux type qui se fait poignarder ? » et « C'est bien dans *Hamlet* la scène du balcon ? »

– Arrête, tu me tapes sur les nerfs ! lui dis-je.

Il me tendit sa main à serrer.

– Bonne chance, camarade. Plus vite on en aura fini, plus vite on sera tranquille.

– Fous-moi la paix, répondis-je.

Je pris une profonde inspiration avant d'entrer dans la salle, comme si j'allais me jeter du grand plongeoir. Je n'avais pas la moindre idée de ce que j'allais faire en octobre. J'étais dans un état de confusion extrême. Je ne savais pas ce que je voulais, ni aujourd'hui ni demain, encore moins l'année prochaine. Je ne savais pas ce que voulait Helen. Nous n'en avions jamais parlé. Dans un certain sens, nous en étions incapables : il est parfois trop dangereux de dire les choses ; torches fouillant l'obscurité, révélant des soldats terrorisés, les clouant au sol à tout jamais. Mon père tenait à tout prix à ce que nous fassions des projets, mais plus il insistait, plus je résistais.

– Le problème ne disparaîtra pas comme ça, me dit-il. Au contraire, il va s'aggraver. Moins tu y songeras, plus il sera difficile à résoudre.

Quand papa reçoit une facture qu'il ne peut pas payer, il la cache quelque temps derrière la pendule. J'aurais pu le lui rappeler, mais je m'en suis abstenu. Nous nous sommes dit, Helen et moi, que nous parlerions sérieusement après les examens, quand on en serait débarrassés. C'était trop de choses à la fois.

Helen devrait entrer au Conservatoire royal de musique en octobre. Et moi, à l'université de Newcastle. C'est du moins ainsi que notre avenir s'annonçait il y a six mois. Il se présentait comme deux images distinctes ; aujourd'hui, elles étaient mélangées, brouillées.

Notre professeur d'anglais, Hippy Harrington, me sourit quand j'entrai dans la salle et me fit un clin d'œil discret. Je parcourus la rangée des pupitres, à la recherche de la lettre M comme Marshall, et brusquement je me sentis parfaitement détendu. Helen était heureuse et en bonne santé, malgré ce début difficile. Qu'y avait-il de plus important dans la vie ? Bientôt, inéluctablement, il y aurait un bébé, le sien et le mien, elle et moi. Rien ne pourra s'y opposer. Si elle était capable d'envisager sereinement cette situation, je devais l'être aussi. Je m'assis et alignai devant moi mes crayons. Quand le signal fut donné, je retournai la feuille. C'était la première question d'explication de texte. Quoi ! Ma chère demoiselle Dédain… J'imaginai Helen, l'air hautain, penchant avec condescendance la tête vers moi. Ma chère demoiselle Nell. Nous saurons bientôt ce qu'il faut faire.

6 juin

Cher inconnu,

Aujourd'hui, il s'est passé deux choses.

Tu as bougé. Tout au fond de moi, j'ai senti un petit frémissement, et je savais que tu avais bougé. Tu t'es retourné dans ton sommeil, que sais-je ? tu as peut-être ôté ton pouce de ta bouche, quoi qu'il en soit, je t'ai senti. On aurait dit un très léger battement d'ailes. Tu as des bras, des jambes et des doigts, tu bouges. Tu es un extraordinaire petit mécanisme.

Bientôt ta présence ne sera plus un secret pour personne. J'ai déjà perdu ma taille fine et mon ventre s'arrondit. Un peu. Je peux le cacher, et toi avec, sous d'amples chemises. Mais au parc, les femmes ne tarderont pas à savoir. Je ferai partie de leur société secrète, et nous nous sourirons d'un air complice.

On se croirait en plein hiver aujourd'hui. Je suis transie jusqu'à la moelle. Est-ce que tu as assez chaud, là-dedans ?

Écoute.

Tu entends la pluie qui tombe ?

Je suis contente que les examens aient commencé. J'espère que maman va se calmer au sujet de Chris. Ce serait tellement bien de pouvoir réviser ensemble, qu'il soit ici, près de moi ; on écouterait de la musique et l'on se ferait un café pendant les pauses, on sortirait prendre l'air avant de se remettre au travail. Mais elle ne veut pas en entendre parler : il est interdit de séjour à la maison. Elle ne me parle jamais de lui ni de toi.

De temps en temps, papa vient s'asseoir à côté de moi sur le canapé, ou dans la pièce du piano, et me dit quelque chose du genre :

– Ta mère voudrait savoir quels sont tes projets, Helen.

Mais elle ne se résout pas à me poser la question elle-même, et c'est ce qui me fait le plus de peine.

Alors je réponds toujours la même chose :

– Cesse de me le demander, papa. Je n'en sais rien encore.

Parfois, il se contente de serrer ma main, et cela me donne envie de pleurer. Je voudrais poser ma tête contre son épaule et pleurer toutes les larmes de mon corps, mais j'ai peur que ça le gêne terriblement. Alors, je me retiens, et il m'inflige le petit discours qu'elle lui a préparé à l'avance, sur ma vie gâchée.

– Que veux-tu que je fasse, papa ? lui ai-je demandé hier, tout en connaissant la réponse.

– Je veux que tu fasses de la musique.

Voilà. Tout est très simple pour lui. Il ne veut pas voir la réalité, pas plus qu'elle, alors comment peuvent-ils me blâmer ?

De toute façon, je vais devoir prendre une décision ; et c'est la deuxième chose qui me soit arrivée aujourd'hui. J'ai décidé que je devais rompre avec Chris.

Tu comprends, aujourd'hui, je suis prête à t'avoir. Je sais que je pourrai me débrouiller toute seule. Au début, j'avais peur de toi. À présent, c'est tout mon être qui te désire ; quand le moment sera venu, j'irai au conservatoire de musique et tu partageras toute ma vie. Tu es le centre de mes pensées. Je suis tournée vers l'intérieur, comme un bouton de fleur dont le parfum et la couleur sont enfermés en lui jusqu'à la floraison. Il n'y a pas une seule seconde où je ne pense à toi.

Mais je ne suis pas prête pour Chris.

Je ne suis pas prête à partager ma vie avec lui, et c'est ce que je serais obligée de faire, autrement. Cette idée m'affole. Lui, toutes ses pensées sont tournées vers Newcastle et la vie universitaire. Il n'est question que de cela depuis qu'on se connaît. Je sais qu'il resterait avec moi si je le lui demandais. Ce serait exiger de sa part un énorme sacrifice, mais je suis à peu près sûre qu'il accepterait. Je sais que nous pourrions trouver un appartement quelque part, et mon père et le sien nous aideraient financièrement. Je perdrais ma mère à tout jamais, mais nous nous arrangerions pour que tu sois heureux.

Je souffre de penser à tout cela. Je me suis réveillée terrorisée, ce matin, petit inconnu, et je ne sais pas ce qui me fait le plus peur : décider de rester toute la vie avec Chris, ou de passer toute la vie sans lui. Je ne le connais pas encore. Il y a six mois, l'idée de vivre ensemble ne nous avait pas effleurés un seul instant. Nous étions deux gosses qui nous amusions. Et du jour au lendemain, nous avons été catapultés dans le monde des adultes. Je ne suis pas encore prête pour « toute la vie ». Je ne suis pas prête pour lui, et lui non plus. Et plus que tout, j'ai peur que toute ma souffrance ne t'atteigne. Dis-moi, tu sens quelque chose ?

Je vais attendre la fin de ses examens pour lui parler. Ce serait cruel de lui dire maintenant, mais il ne faut surtout pas laisser faire les choses, attendre que tu sois né et aviser ensuite, comme s'il n'y avait rien à décider, à changer ou à éviter. Les dernières semaines que Chris et moi allons passer ensemble seront merveilleuses – j'essaierai de le voir tous les jours.

Ensuite, une fois les examens terminés, je lui parlerai.

15 juin

Cher inconnu,

Ce matin, je suis allée à pied chez grand-père avec Robbie. Grand-père n'est pas encore au courant, alors j'ai décidé de lui dire moi-même. Impossible de compter sur maman pour lui parler de toi. Ils font tellement de cachotteries dans cette famille…

Il fait froid. Normalement, le mois de juin c'est le soleil, les fraises, les petites robes de coton, les abeilles qui butinent dans les rosiers, au lieu de quoi le ciel est gris et la bise souffle. Le mauvais temps se referme sur nous, comme des murailles de béton. Nous avons allumé le chauffage central à la maison, et hier soir, maman est allée se coucher avec une bouillotte. On se croirait en hiver, a-t-elle remarqué.

Mes examens sont terminés. Je n'ai eu qu'à baisser la tête et à foncer. Cela m'a fait un bien fou de les passer. Je crois que j'avais atteint un taux d'adrénaline élevé après toutes ces révisions et ces angoisses à propos de Chris. Je me suis lancée dedans à corps perdu et j'ai eu l'impression de m'envoler.

La réussite ressemble à une étoile brillante que l'on voudrait saisir des deux mains. Je voulais réussir, petit inconnu. Maintenant, c'est pour nous deux que je désire briller.

Avant les examens, j'ai rencontré Ruthlyn et les autres filles au foyer de l'école. J'ai eu l'impression de ne pas les avoir vues depuis des siècles, sauf Ruthlyn, naturellement. Elle a été très bien avec moi, comme d'habitude. Cette chère Ruthlyn. Elle est au courant maintenant. Elle a prétendu l'avoir toujours su, mais elle attendait que je le lui dise moi-même. Je regrette qu'elle s'en aille. Ç'aurait été sympathique de partager un appartement avec elle. Elle aurait été parfaite avec toi. Juste avant d'entrer dans la salle d'examen, elle a commencé à me raconter l'histoire de sa sœur Grace qui, quand elle était enceinte, avait une telle envie de charbon qu'elle en croquait de petits morceaux comme des bonbons. Elle essayait de parler doucement, mais elle avait une si grosse voix qu'on l'entendait de loin. Je crois qu'on était un peu tendues aussi, on allait passer l'examen de mathématiques appliquées, mais elle a quand même réussi à me faire rire. Je suis sûre que les autres filles nous détestaient. Ce qu'elles peuvent être rasoir ces matheuses ! Elles portent des jupes plissées et des chaussettes blanches. Bizarrement, la plupart des élèves du conservatoire en portent aussi. Je les aimais bien pourtant, mais aujourd'hui, je n'ai plus rien à leur dire. Je suis un objet de curiosité pour elles, à voir la façon dont elles jettent des coups d'œil sur mon ventre puis se retournent très vite et sourient. J'ai pourtant envie de leur dire que je n'ai pas changé, que je suis toujours la même.

Mais je ne suis pas la même, et je ne serai plus jamais la même.

Je crois que je les intimide, et Chris aussi, d'une certaine manière. Je n'ai pas pu résister à l'envie de lui dire que je t'avais senti bouger dans moi ; il m'a regardée et a souri d'un air très gêné.

– Pose tes mains sur mon ventre, lui ai-je proposé. Tu vas le sentir toi aussi.

Mais il n'a pas voulu.

S'il a peur de moi, et de toi aussi, comment pourra-t-il jamais être un père pour toi ? Je sais que j'ai raison. Nous ne nous touchons plus maintenant, plus comme avant. Nous ne nous faisons plus de caresses. Nous nous tenons simplement la main, nous nous embrassons ; j'ai très envie d'être avec lui, mais j'ai peur. À présent qu'il est trop tard, j'ai peur. Que ferions-nous si nous vivions ensemble en ayant peur de nous toucher ? Il lui reste encore à passer sa troisième épreuve d'anglais, après quoi je le lui dirai.

Donc, je suis allée chez grand-père avec Robbie. Robbie est insupportable en ce moment. Ses dents n'en finissent pas de pousser, j'en suis sûre. Elles n'étaient certainement pas aussi longues l'année dernière à la même époque. On dirait que tous les garçons de dix ans ont des dents de devant immenses. Ça me dépasse. En plus, il n'arrête pas de ricaner pour un rien. Il n'y a pas si longtemps, c'était un gentil petit garçon à qui je racontais des histoires.

En chemin, il me demanda :

– Quand est-ce que tu vas… tu sais quoi ?

Et il se mit à glousser en poussant de petits cris aigus, comme un bébé, à tel point que des bulles apparurent entre ses grandes dents.

– Quoi, tu sais quoi ? demandai-je furieuse de le voir si bête, si infantile, tout en sachant précisément pourquoi il se comportait de la sorte.

Il bomba le ventre autant qu'il put sans tomber à la renverse, et continua à me regarder en riant tout aussi bêtement, cramoisi et rayonnant.

– Arrête de faire l'imbécile ! lançai-je. Je ne comprends rien à ce que tu racontes.

– Demande à Chris, rétorqua-t-il, hilare.

Grand-père avait été nager. Il nous rattrapa alors que nous arrivions au portail et sauta par-dessus le mur pour nous doubler dans l'allée. Il nous fit entrer, tandis que son chien se jetait sur nous, manquant de nous renverser.

– Attention ! dit grand-père en tendant le bras pour me retenir.

Ce faisant, il m'effleura le ventre : je le sentis se raidir. Je portais des vêtements amples qui masquaient mes formes. À présent, il savait certainement.

– Grand-père…, balbutiai-je. Mais il retira sa main et, sans me regarder, suivit Robbie dans la cuisine.

Je ne pus me résoudre à le suivre. Je montai voir ma grand-mère. Elle aimait bien rester assise près de sa fenêtre, à regarder la rue entre les rideaux entrouverts. Je n'arrive pas à imaginer ce à quoi elle peut penser tout le temps. Elle a glissé dans la vieillesse sans s'en apercevoir. Je lui parle et lui tiens compagnie malgré le malaise que je ressens en sa présence. Elle me fait de la peine. Elle a un regard tellement triste. Le plus inquiétant, c'est que maman est un peu comme ça, de temps en temps, un peu, surtout ces temps-ci, comme si ses pensées intimes étaient beaucoup plus passionnantes que le monde extérieur.

Grand-père et Robbie firent irruption dans la chambre avec des sandwiches et les posèrent sur la petite table de grand-mère. Grand-père posa un baiser sur ses cheveux permanentés, puis redescendit en sifflotant entre ses dents. Il réapparut avec un vase et des roses de son jardin.

– As-tu senti ce parfum, Dorrie ?

Elle dirigea vers lui ses yeux tristes, l'espace d'un instant, puis secoua la tête et détourna de nouveau le regard.

– Est-ce que tu crois que l'Angleterre a des chances ? demanda grand-père à Robbie avant de s'installer confortablement pour discuter de la coupe du monde.

Quant à moi, je m'approchai de la fenêtre, un petit sandwich à la main, et regardai les enfants jouer dans la rue. Leurs voix se répercutaient contre les murs de brique. Il n'allait pas tarder à pleuvoir.

C'est alors que grand-mère dit :

– Pour quand est-il prévu, ton bébé ?

Grand-père et Robbie se turent instantanément. Je sentis le regard de grand-père braqué sur moi. Je me forçai à lever les yeux vers lui.

– Qu'est-ce que tu racontes, Dorrie ? intervint-il. Tu es en train de parler à ta petite Helen.

Grand-mère continua à me fixer, sans cesser de mâchonner un petit morceau de sandwich.

– Je ne suis plus la petite Helen, répondis-je la gorge nouée et tremblant de tous mes membres. Nan a raison, grand-père.

Robbie se remit à ricaner bêtement.

– Je ne sais pas, soupira grand-mère. Ce doit être une tare dans la famille : telle mère, telle fille.

L'après-midi de notre dernier examen, Tom et moi sommes allés faire un tour à bicyclette. Je n'étais jamais allé si loin ni si vite d'une seule traite. Nous traversâmes à toute allure la Hope Valley jusqu'à Castleton et grimpâmes à Winnats Pass. J'avais l'impression que mon cœur n'était plus qu'un énorme ballon rouge, sur le point d'éclater. Fantastique, Winnats Pass ! On croit qu'on ne va jamais en sortir, et on se retrouve brusquement au sommet, à l'air libre et à la lumière, et on redescend jusqu'à Buxton, sans donner un seul coup de pédale. On criait comme des fous dans la descente.

– À Wildboarclough ! hurla Tom, et nous fonçâmes tête baissée vers la lande, sans croiser une seule voiture, ni un vélo ni un randonneur.

Il n'y avait que des moutons, et des centaines de courlis. Nous laissâmes tomber nos bicyclettes à peine arrivés au sommet et nous précipitâmes sur nos gourdes.

– Allez ! soupira Tom, couché sur le dos, torse nu, son pantalon de survêtement relevé jusqu'aux genoux. Il faut que tu viennes en France le mois prochain, mon vieux !

– Impossible.

– Et pourquoi donc ? Je te passerai un peu de pognon si tu es à sec.

– Ce n'est pas le problème.

– C'est quoi alors ? Helen ? Ce n'est pas elle qui va t'en empêcher.

J'avais envie de lui dire pour Helen, mais je ne savais pas comment m'y prendre. « J'ai mis Helen enceinte. Helen va avoir un môme. Nous allons avoir un bébé. » Le vocabulaire, pour parler de ces choses, me faisait cruellement défaut. C'était la vérité : je venais de passer deux semaines entières à noircir des feuilles d'examen de milliers de mots parfaitement inutiles, et j'étais incapable d'en aligner trois pour construire la phrase la plus importante de ma vie.

– Elle est vachement bien, Helen, dit Tom. Qu'est-ce que tu en penses ? Vous allez rester ensemble ?

Je me forçai à rire.

– Newcastle est loin de Sheffield, répondis-je. On sera peut-être obligés…, ajoutai-je la gorge serrée.

N'importe qui aurait déjà compris, mais pas Tom. Il ne fit aucun commentaire. Comment se peut-il qu'un garçon si brillant à l'école soit aussi bouché ?

Sur le chemin du retour, Tom pédala en tête tandis que je prenais mon temps pour admirer le paysage. Je savais qu'avant la fin du mois Helen et moi devions avoir une discussion sérieuse pour décider de notre avenir. Je me sentis des fourmillements nerveux comme je dévalais la pente vers Wildboarclough, prenant de la vitesse, en actionnant le moins possible les freins et en me penchant dans les tournants. Il s'étendait à mes pieds, ce splendide paysage cerné par les collines bleues. Si je lâchais les freins, je serais précipité dans l'espace, dans le vide, dans un silence sans précédent.

Deux jours plus tard, il y eut la fête de fin d'année des premières. En réalité, ce fut une fête organisée par Tom puisque la moitié des élèves voulait aller danser en boîte, ce dont j'ai horreur : en général, tous les hommes de quarante ans se mettent à draguer les filles de seize ans. C'est tragique. Alors Tom proposa d'aller écouter un groupe zambien à Leadmill. On était une dizaine, dont Helen et Ruthlyn. Nous allions devoir prendre une décision rapidement, Helen et moi, je le savais. En revanche, j'ignorais totalement ce que nous pourrions décider.

Helen eut un comportement étrange dès le début de la soirée. Elle était d'une extrême fragilité et d'une humeur parfaitement imprévisible. Un instant elle me tenait la main et me laissait l'embrasser, l'instant d'après elle était froide et muette, à des milliers de kilomètres de moi. C'est une véritable torture de la voir comme ça. Je ne comprenais pas ce qui lui arrivait. Je ne compris qu'à la fin de cette journée, lorsque je la raccompagnai chez elle.

Elle était superbe. Elle portait un vêtement bleu, très ample, qui flottait autour d'elle et ses cheveux étaient doux, brillants et soyeux. Quand l'orchestre commença à jouer, ils allèrent tous danser, mais moi je restai à contempler Helen. Il fallait la voir danser ! Tout le monde la regardait. Elle faisait comme si de rien n'était ; elle dansait les yeux fermés, et chaque fois qu'elle passait devant moi, elle me lançait ce sourire extraordinaire dont elle a le secret. Je n'avais d'yeux que pour elle, personne d'autre ne comptait.

En la regardant, il me vint une idée. C'était une idée tellement géniale, si formidable et évidente que j'eus envie de la crier à Helen, pardessus la musique. Je la gardai néanmoins pour moi et allai danser, sans cesser d'y penser un seul instant. J'avais décidé de lui en faire part sur le chemin du retour. Voici quelle était mon idée : j'allais demander mon transfert à l'université de Sheffield. Il n'y avait rien de plus simple.

23 juin

Cher inconnu,

Je savais que ce devait être ce soir.

J'ai fait en sorte que ce soit notre plus belle soirée. J'ai essayé de faire comprendre à Chris que lui seul comptait ce jour-là à mes yeux. De temps à autre, ce que j'avais à lui dire me revenait soudain à l'esprit. Cela montait en moi et me submergeait comme une vague. Je continuais à lui sourire pour lui montrer que tout allait bien. Il ne me quittait pas des yeux une seule seconde. Je savais qu'il était inquiet. Il sentait qu'il allait se passer quelque chose.

La musique du groupe zambien était très gaie et entraînante ; les musiciens riaient et avaient vraiment l'air de s'amuser. C'est impossible de résister à une telle musique. On dirait que le rythme passe directement dans votre sang. Tout le monde dansait, les jeunes comme les moins jeunes. Nous étions tous ravis. J'avais une robe très large et je ne dansais que pour Chris. Je savais que les gens me regardaient, et il était évident que j'étais enceinte. Je vis précisément le moment où Tom s'en aperçut. Il blémit instantanément. Il regarda Chris, puis moi, et je lui souris.

Chris me dévorait du regard. Il avait vraiment l'air de penser à autre chose. Je ne suis même pas sûre qu'il ait remarqué les murmures entendus qu'échangèrent Tom et les autres. Soudain, il se leva, se dirigea vers moi et se laissa enfin aller. Il faut voir ce que font ses pieds quand il danse. On dirait qu'ils sont reliés à ses doigts par des élastiques. Il n'a pas la moindre coordination. Je me demande comment il arrive à tenir sur une bicyclette. Et tandis qu'il dansait comme un fou et tournoyait comme un derviche, je songeai que je l'aimais bien, petit inconnu. Je ne peux pas employer l'autre mot ; c'est trop dangereux. Ça fait mal, mal, mal.

Il faisait pratiquement jour lorsque nous sortîmes de la boîte. Nous étions tous ensemble au début, mais petit à petit notre groupe se désagrégea, et nous nous retrouvâmes tous les deux seuls, Chris et moi, rentrant à petits pas, enlacés. J'aurais voulu que ce trajet ne finisse jamais. Je ne voulais pas dire ce que je devais dire à tout prix.

Puis, arrivés au coin de ma rue, Chris me dit :

– Nell, nous ne devrions pas avoir à nous souhaiter bonne nuit. Il ne faut plus se quitter désormais.

C'est alors que je lui dis.

Helen,

Tu n'as pas le droit de me faire ça. Tu ne peux pas me chasser de ta vie, maintenant. Tu ne peux pas m'éloigner comme ça. Je ne me laisserai pas faire.

Je jetai cette lettre à la poubelle.

Nell chérie,
Je t'aime.

Et celle-là.

Helen,

Tu ne penses pas ce que tu dis. Ce n'est pas possible. Je t'en supplie, revoyons-nous. Parlons.

Celle-là aussi.

Je les récrivis toutes et les glissai dans une même enveloppe. J'écrivis tous les jours. Elle ne répondit pas. Elle n'a pas eu la correction de répondre. Du jour au lendemain, je n'existais plus. Du jour au lendemain, la moitié de ce bébé était effacée pour toujours. Elle ne m'a même pas demandé ce que je voulais. Elle m'a juste fait part de ce qu'elle voulait, elle, et elle est partie, sortie de ma vie pour s'enfermer à double tour. Ruthlyn m'a dit qu'Helen était bouleversée. J'espère bien qu'elle l'est. Elle m'avait tenu à l'écart depuis le début. Je venais de le comprendre. Elle avait pris toutes les décisions seule, comme si je comptais pour rien.

Et lorsque je n'étais pas en colère, j'étais désespéré. J'étais impuissant. J'étais à la dérive dans l'espace, et je regardais la terre, tout en bas, et Helen ; j'étais à des millions de kilomètres, j'étais exilé.

Un soir, mon père m'a entendu pleurer. Il m'épargna tous les vieux clichés du genre : « Une de perdue, dix de retrouvées », ou : « Tu t'en remettras, tu allais mieux sans elle », ou encore : « Les grands garçons ne pleurent pas ». Non, rien de tel. Il entra dans ma chambre, s'assit près de mon lit et posa la main sur mon épaule. Il me proposa de venir regarder le match Roumanie-Irlande ; il me mit une bière au frais. Je descendis pour les penalties. Pendant cinq minutes entières, je ne pensai plus à Helen. Presque plus.

Tom me demanda de venir voir avec lui la demi-finale Angleterre-Belgique sur le grand écran du collège technique. Nous allâmes tout d'abord au mur d'escalade. Je me contentai de le regarder grimper. Toutes ces voix autour de moi, qui résonnaient comme dans un rêve. Tous ces étudiants qui évoluaient, riaient comme si de rien n'était. Je ne pouvais pas croire qu'ils n'étaient pas au courant, qu'ils s'en fichaient éperdument. J'avais l'impression de m'enfoncer dans une espèce de pâte grise et gluante. Au moment de partir, je suivis Tom comme un vieillard.

– Tu as une de ces têtes d'enterrement, mon vieux !

– Fous-moi la paix, Tom.

– Elle est vache de t'avoir fait ça.

Je faillis le frapper. S'il n'avait pas été plus grand que moi et assez fort pour me retenir le bras, il aurait reçu mon poing dans la figure. Me prenant par l'épaule, il m'entraîna dans le bâtiment Mandela. Il était bondé d'étudiants, un millier au moins, tous installés pour voir le match sur grand écran. Je contemplai le jeu la bouche ouverte, comme un poisson dans un aquarium, mais c'est Helen que je voyais sur l'écran, Helen qui riait, Helen qui renversait sa tête en arrière, Helen qui dansait les yeux fermés, les cheveux devant le visage. Soudain, à la dernière minute des prolongations, l'Angleterre marqua un but. Ce fut comme un coup de fusil – bang ! en plein dans les buts. Magistral ! Je me retrouvai debout en train de hurler avec les autres. Je ne savais même pas ce que je faisais. Tout le monde s'était levé, criait à tue-tête, agitait les bras. Impossible d'entendre le commentaire avec tout ce boucan. Nous sortîmes en masse du bâtiment, en agitant les bras, tonitruant, vociférant de toute la force de nos poumons, et déferlâmes sur la lande environnante. On avait l'impression d'être emportés par un raz de marée. C'était du délire. «Angleterre ! Angleterre ! » criai-je à pleine voix.

Je ne me rappelle pas du tout comment je suis rentré à la maison cette nuit-là.

J'ai été malade. Ça, je m'en souviens très bien.

Juillet

Lorsque je compris qu'elle était tout à fait sérieuse, je n'eus plus qu'une seule idée en tête : partir. Après avoir passé des jours entiers à arpenter sa rue de long en large à bicyclette, à rôder autour des endroits que nous fréquentions tous les deux, à la chercher partout, tous les lieux de cette ville me donnèrent la nausée. Je ne pouvais pas supporter de m'y trouver sans elle. Le Leadmill, les magasins de disques, Fox House, le bistrot où nous allions boire du chocolat chaud : je les détestais. Je redoutais surtout de la croiser dans la rue sans qu'elle m'adresse la parole. J'avais peur de craquer ou de faire une bêtise en la voyant. La ville entière était hantée par la présence d'Helen. Chaque fois que je montais dans un autobus, je m'attendais à l'y trouver. Elle était partout dans Sheffield, sans y être vraiment. Elle n'était nulle part. On l'avait effacée de ma vie, et le meilleur de moi-même s'était envolé avec elle.

Donc le jour où Tom passa à la maison pour bavarder un peu et me proposer de partir avec lui en France, je sortis de mon coma et acceptai sa proposition.

Je regrette de l'avoir fait.

Cher inconnu,

Aujourd'hui, j'étais assise sur mon lit, la photo de Chris à la main, et toutes ces lettres adressées à toi étalées autour de moi, quand maman est entrée dans ma chambre. Elle est restée sur le pas de la porte, des draps propres repliés sur les bras et m'a regardée. Je sentais son regard posé sur moi. Je repensais à ce qu'avait dit ma grand-mère : « Telle mère, telle fille », et voulais demander à maman ce que cela signifiait. Je n'osai pas. Je voulais aussi lui dire que j'avais rompu avec Chris. Aide-moi, maman.

C'était la dernière fois que je regardais la photo de Chris, car j'avais l'intention de la ranger dans un coin, loin des yeux, loin du cœur. Maman attendait toujours près de la porte, sans rien dire, puis elle s'approcha de mon lit. J'étais incapable de la regarder. Je voulais tendre la main vers elle et lui dire. « Si elle s'arrête dans ma chambre, avais-je décidé, je lui poserai la question. » Elle hésita un moment près de mon lit, et je savais qu'elle était en train de regarder la photo et se demandait peut-être ce qu'étaient ces lettres. Pendant l'espace d'un instant, je crus qu'elle allait dire quelque chose. Nous étions comme prises dans une toile de silence, et quelque chose passait entre nous, tissant des fils de l'une à l'autre. Je n'osais bouger ni respirer, de peur de rompre le fil. Elle se pencha en avant, tout doucement, et posa les draps propres sur mon lit, recouvrant ainsi les lettres, la photo, et lorsque je relevai les yeux, elle sortait de la chambre, la tête légèrement inclinée, et fermait la porte derrière elle.

Je partis avec Tom pour la France au petit matin du 11 juillet, soit exactement vingt jours après qu'Helen eut rompu avec moi. Ce fut un voyage atroce. J'eus une crevaison en allant à la gare et le contrôleur refusa d'embarquer nos bicyclettes dans le wagon de marchandises, bien que nous ayons payé pour cela. Le train tomba en panne, de sorte que nous arrivâmes à Londres à l'heure de pointe et dûmes traverser des embouteillages monstrueux pour rejoindre la gare de Victoria ; enfin, Tom fut malade dans le ferry. Mais nous finîmes par arriver en France. Nous devions descendre en train jusqu'à la vallée de la Loire, faire une espèce de tour de France transversal qui aboutirait dans les Alpes et rentrer en Angleterre à la fin du mois. Hippy Harrington nous avait donné quelques livres après les examens – ses bibles, comme il les appelait. Il y avait le *Traité du zen et de l'entretien des motocyclettes*.

– C'est un manuel technique ? me demanda Tom. Je ne vois pas l'intérêt de partir avec un manuel pour motos.

– Non, c'est une mine de conseils et ça traite du mal de vivre.

Je crois que ce livre m'a aidé à ne pas perdre la tête. Tom était désespérant. Il était prêt à s'occuper des courses, de la cuisine, du montage des deux tentes, pour ne pas avoir à toucher une clé anglaise et à réparer sa bicyclette. Je me chargeai donc de toutes les réparations. En attendant, ça aide à réfléchir à la vie, j'imagine. Ça vous ramène à l'essentiel, d'avoir à lutter pour rester en vie. Il y a eu des moments où je me suis senti réellement heureux. Je n'aurais jamais cru cela possible. Nous nous trouvions sur une de ces extraordinaires routes françaises bordées à l'infini de champs de tournesols jaunes, stimulés par le chant des oiseaux ou celui de Tom qui pédalait allégrement, par une longue journée d'été, quand je réalisai que je me sentais parfaitement bien. Ce fut le soir, lorsque j'eus reposé près de moi le *Traité du zen*, et que j'eus éteint ma lampe-torche, couché dans le noir en train d'écouter ululer les chouettes, que la douleur se réveilla.

– Chris, me dit un soir Tom dont la tente était à deux mètres de la mienne. Tu dors ?

– Oui.

– Tu penses toujours à elle ?

– Je t'en prie, Tom !

– Je savais que tu ne dormais pas parce que tu ne ronflais pas.

Il alluma sa lampe-torche et rampa jusqu'à ma tente sans sortir de son sac de couchage. Nous nous installâmes devant l'entrée de ma tente. Les étoiles étaient immenses. Le murmure d'un ruisseau se faisait entendre non loin. La nuit semblait pleine de bruits de toute sorte qui surgissaient des ténèbres.

– Tu as entendu le chien ? demanda Tom.

– Tu veux dire le renard, plutôt.

– Je crois que tu as raison.

Il y avait aussi un lièvre, ou quelque petit animal pris au piège, qui gémissait comme un enfant.

– Tu as fini ton livre ? s'enquit-il.

– Non. Je le déguste à petites doses. Il est très bon.

– Je suis en train de lire *Sur la route*, de Kerouac.

– Toujours sur les conseils de Hippy !

– J'ai du mal à croire qu'il a été écrit en 1959 ! C'est un vrai livre d'histoire !

– Peut-être que tous les jeunes ont envie de se barrer en train et de foncer au bout du monde..., répondis-je. C'est peut-être pour cette raison que ça marche encore.

– Il s'est vendu à dix-huit millions d'exemplaires, ce bouquin. Ça veut bien dire quelque chose, non? Ça veut dire que dix-huit millions de jeunes l'ont lu et veulent traverser des espaces infinis pour se retrouver face à eux-mêmes de l'autre côté.

Couchés dans nos sacs de couchage, les mains sous la nuque, nous contemplions le ciel, comme deux chenilles renversées sur le dos.

– Courent-ils après quelque chose ou cherchent-ils à le fuir?

Je roulai sur le ventre. Ces étoiles étaient beaucoup trop brillantes, trop lumineuses, trop froides.

– Je crois qu'ils vont simplement quelque part, n'importe où, pour le plaisir.

– Y a-t-il seulement un endroit où aller?

Nous discutâmes des heures sur ce sujet. En tout cas, dix ans après avoir écrit ce livre, Kerouac est mort. Il s'est noyé dans l'alcool. Ça signifie aussi quelque chose, je suppose. C'est un autre genre de voyage. Pendant tout ce temps que nous passâmes à bavarder, à nous assoupir, à nous réveiller de nouveau pour recommencer à parler, Helen était là, présente, plus brillante que toutes les étoiles du ciel.

17 juillet

Cher inconnu,

J'ai le plus grand mal à croire que nous sommes à la mi-juillet et que cela fait six mois que je te porte en moi. Ce n'est plus un secret pour personne à présent, quelle que soit l'ampleur de mes robes. Essayer de te cacher aujourd'hui reviendrait un peu à essayer d'empêcher le jour de se lever. Tu continues à me donner des coups de pied, ou de coude, comme si tu voulais me dire : « Coucou ! Je suis là ! » Tu ne fais absolument pas attention à moi, mais moi, je pense à toi tout le temps. Je n'arrive pas à penser à autre chose.

Et il fait tellement chaud ! Une vague de chaleur s'est abattue sur la ville. J'ai l'impression de me traîner avec un énorme sac à provisions attaché autour de la taille. J'essaie de t'imaginer, dans la fraîcheur de la petite caverne où tu as élu domicile. Est-ce que ça fait le même effet que de se trouver dans un trou d'eau plongé dans l'obscurité, et de se tourner et retourner au rythme des battements de mon cœur ? Te sens-tu bien là-dedans, blotti dans ton petit coin ? Tu es une personne à part entière. Je suis impatiente de te voir.

Oh, mais ce sont les pensées heureuses de la journée, petit inconnu ! Tandis que la nuit, mes frayeurs et la solitude me réveillent. La nuit dernière, je suis descendue dans le jardin. Le ciel était clair, les étoiles avaient l'air gigantesques. Malgré l'heure tardive, on entendait le bourdonnement de la ville, le bruit lointain des voitures. Partout, partout dans le monde, des gens s'activaient, des gens mouraient, des gens naissaient. Notre jardin était le royaume des ombres – des arbres, un clair de lune et des ombres – argent et velours, calme, solitude, ombres bruissantes. J'eus envie de crier. Que vais-je faire ? Je ne sais pas où nous allons vivre tous les deux, ni comment. Je ne sais pas comment je vais faire pour m'occuper de toi. Je ne sais pas si j'en aurai la force. J'ai peur du noir. Et quand je rentrai dans la maison, dans la cuisine éclairée comme en plein jour, avec ses appareils ménagers si utiles et rassurants, j'eus peur de la lumière. Je ne sais plus rien. Je voudrais que Chris soit là pour me prendre dans ses bras et me dire que tout va bien, que nous nous en sortirons tous les deux ensemble. Mais j'ai tourné le dos à ce genre de réconfort, et rien n'empêchera le jour de se lever, rien ne t'empêchera de naître. Tu feras ton entrée dans le monde débordant de force et de sagesse parce que tu sais comment on naît. Moi, je ne sais rien du tout.

J'ai tiré les rideaux parce que je ne supportais pas la vue du ciel ; il commençait à s'éclaircir :

l'aube pointait, et rien ni personne ne pourrait empêcher cela.

Le lendemain, Tom me houspilla pour l'avoir empêché de dormir toute la nuit avec mes ronflements. Nous étions si fatigués qu'il nous fallut deux heures pour prendre notre petit déjeuner, plier les tentes et charger les vélos.

– On ne va pas passer toutes les vacances à traîner comme ça, râlai-je.

J'avais envie de filer comme le vent, tête baissée et de pédaler droit devant moi, comme pour me punir. Tom, quant à lui, était plutôt enclin à la paresse. Nous nous introduisîmes dans un camping pour prendre une douche, ce qui était génial, et le lendemain soir, un fermier, qui s'appelait M. Bienvenu, nous laissa camper gratuitement dans son champ. Nous discutâmes des heures avec lui, en le regardant traire ses vaches. Ça paraît incroyable, mais le lait sortait chaud et fumant ! Je n'avais jamais vu ni senti une chose pareille. Il plongea une cruche dans son bidon à lait et nous en offrit à boire. Il avait un goût d'herbe. Le français de Tom est catastrophique, mais quand il ne connaît pas un mot, il l'invente, le prononce avec l'accent français et finit toujours par se faire comprendre. Moi, il me faut une longue réflexion pour arriver à trouver le temps correct et à savoir si un nom est masculin ou féminin, et lorsque ma phrase est à peu près construite, il est trop tard car ils sont déjà passés à un autre sujet ; donc malgré mes excellentes notes en français, c'est Tom qui assura la conversation tandis que je me contentais de boucher les trous en lui soufflant les mots qui lui manquaient. La femme du fermier nous offrit une liqueur artisanale à l'orange, ce qui nous fit faire de spectaculaires progrès. Je crois que nous avons bu un peu vite.

Le lendemain, nous traversâmes je ne sais quelle ville avec un mal de tête terrible et dûmes nous rappeler plus d'une fois que les voitures roulent à droite et que les ronds-points sont extrêmement dangereux. Je m'imaginais Helen apprenant que je m'étais tué en France. Aurais-tu enfin du chagrin, hautaine Helen ? Il faisait trop chaud la nuit pour dormir. J'avais des coups de soleil et mal aux fesses, des écorchures plein la bouche à cause des baguettes de pain, et toutes les filles ressemblaient à Helen.

J'ai acheté trois cartes postales : une pour papa, une pour ma mère, et une autre pour Jill.

Cher inconnu,

– Nan, parle-moi de quand tu étais petite.

Sa chambre était pratiquement plongée dans l'obscurité, malgré le soleil radieux au-dehors.

Elle avait tiré les rideaux pour l'empêcher d'entrer. J'ai horreur de cette atmosphère confinée ; je n'ai jamais aimé ça.

– Quand j'étais petite ? Que veux-tu savoir au juste ?

Je voulais tout savoir, petit inconnu. Je voulais fureter dans les moindres recoins, partout.

– Est-ce que tu vivais à Sheffield ?

Elle eut un petit rire nerveux très surprenant de sa part.

– Je vivais dans un tiroir.

J'étais déjà au courant. Il y a longtemps de cela, quand j'étais petite, elle me l'avait raconté, mais elle ne m'avait jamais expliqué ce que cela voulait dire. J'attendis en silence. Dehors, dans le jardin, grand-père était en train de tailler la haie, en sifflotant.

– En ce temps-là, si on ne pouvait pas se payer un berceau ou un petit lit, on mettait ses enfants dans un tiroir. C'était bien assez bon pour eux.

Je ferais la même chose si j'étais obligée, seulement je m'arrangerais pour qu'il soit bien douillet et confortable.

– Et de toute façon, c'était l'endroit idéal pour me cacher, hein ? Si je pleurais trop fort, ou si la patronne descendait aux cuisines, ma mère n'avait qu'à pousser le tiroir pour que je disparaisse. Très pratique, quand on y pense.

Elle rit de nouveau, de son petit rire grêle et nerveux qui était plus celui d'une fillette que celui d'une femme de soixante-dix ans.

– Mais elle ne l'a jamais fait, hein, Nan, réponds-moi ?

Elle me jeta un regard glacial.

– Ce n'est pas qu'elle n'était pas mariée, si c'est à ça que tu penses. Elle avait épousé le maître d'hôtel. Mais elle n'avait pas le droit d'avoir un enfant, tu comprends, pas tant qu'elle était en service dans cette maison. Elle aurait perdu sa place. C'était donc un secret.

– Mais elle n'a pas fermé le tiroir ?

Nan ferma les yeux. Elle joignit les mains, les serra fort sous sa poitrine et baissa le menton.

– Tout cela me revient en mémoire maintenant. Il y avait des étagères juste au-dessus, remplies de pots noirs. J'entends des bruits de jupes, de pas et de voix. Je me souviens de la lumière du jour qui disparaissait brutalement, d'une seconde à l'autre, comme ça.

Elle passa les mains devant ses yeux, ce qui fit frémir ses paupières, puis les referma de nouveau sur sa poitrine.

– Je me souviens d'un glissement, et d'une secousse brusque. Crac ! Et je sens encore l'odeur, renfermée et douçâtre.

– N'avais-tu pas peur ?

– J'étais trop jeune pour avoir peur, répondit-elle d'une voix légèrement plaintive. Par ailleurs, j'aime l'obscurité.

Je sortis voir grand-père. Je voulus l'aider à ramasser ce qu'il avait coupé de la haie, mais il ne me laissa pas faire. Alors je m'assis sur un tabouret et le regardai. Il poussait un grognement rauque à chaque pas.

– Nan dort, lui dis-je.

– Oui..., elle va dormir jusqu'à l'heure du dîner maintenant.

– Tu n'arrives pas à lui faire prendre l'air de temps en temps ?

– Si, quand elle en a envie. Elle sera peut-être gaie comme un pinson demain. Quand elle est d'une certaine humeur, rien ne peut l'en faire changer.

– Maman ne vient jamais ici, n'est-ce pas ?

Grand-père grogna. Ses joues rosirent lorsqu'il se pencha. J'aurais voulu l'aider. Les troènes avaient une odeur à la fois douce et forte.

– Elle n'en fait qu'à sa tête. Elle vient quand ça lui plaît.

– Ça vous a fait plaisir qu'elle épouse papa ?

Tu comprends, petit inconnu, je voulais tout savoir. Jamais je n'avais osé poser de telles questions auparavant. Grand-père prit appui sur son balai de jardin et souffla entre ses lèvres. Il essuya du revers de la main la sueur qui perlait sur son front.

– Nous avons trouvé que c'était un curieux couple. Il était très réservé, tu sais ; tandis que notre Alice était plutôt enjouée. Nous pensions qu'il n'était pas l'homme qu'il lui fallait. Ta mère était du genre à toujours chercher à s'instruire, à se perfectionner, à tout savoir... Je pense qu'elle a cru que ton père était quelqu'un, puisqu'il était bibliothécaire à l'université. Mais d'après moi, elle a dû être déçue.

– Pourquoi cela ? demandai-je en me sentant un peu coupable de parler d'eux comme s'il s'agissait d'étrangers. Je crois que papa est fou de maman.

– Oh, ça oui ! Il serait prêt à tout pour elle. À tout pour avoir la paix, si tu veux mon avis, dit grand-père en riant. Mais il lui a fait abandonner la danse.

– La danse ?

Grand-père se mit à balayer les brindilles avec un regain d'énergie. Je descendis de mon tabouret et le suivis dans l'allée.

– Elle adorait la danse, ta mère. Tu ne le savais pas ? Quand elle était petite, elle faisait des entrechats dans la maison et virevoltait comme une petite fée. (Il rit de nouveau en secouant la tête à ce souvenir.) Elle faisait tournoyer avec elle tout ce qu'elle pouvait trouver : des rubans, des écharpes, des bouts de ficelle, n'importe quoi. Elle découpait même en bandes les rouleaux de papier toilette ou des journaux pour s'en faire des serpentins ! N'importe quoi... Elle a rencontré ton père dans un club de jazz. Il était pianiste, tu comprends, il travaillait la nuit. Elle y allait très souvent, avec ses amis. Pour danser. C'était une danseuse vraiment étonnante, ta mère. Je crois que c'est ce qui a séduit ton père.

J'essayai d'imaginer la scène : lumières tamisées et fumée de cigarettes, papa assis au piano, en manches de chemise, en train de jouer un ragtime ; maman... ? Non, je n'arrivais pas à me représenter maman.

– Mais pourquoi a-t-elle cessé de danser ?

– Je ne sais pas très bien... Il me semble qu'il ait fait acte d'autorité une fois qu'ils ont été mariés. En tout cas, il lui a interdit d'aller au club. C'est la seule fois où je l'ai vu agir de la sorte. C'est un timide, ton père. Il ne devait pas apprécier ce genre d'exhibitionnisme. Pas chez sa femme.

– Je n'avais jamais entendu parler de ça, dis-je.

– Tu sais..., commença-t-il, absorbé par la contemplation de deux moineaux en train de s'ébrouer au milieu des brindilles et de ses balayures. Il y a des tas de choses au sujet de leurs parents dont les enfants n'ont pas idée.

Il avança son balai, faisant aussitôt fuir les moineaux qui s'égaillèrent dans des directions opposées. Puis il balaya les dernières feuilles avant de s'essuyer les mains à son pantalon.

– Les gens veulent se marier. Ils pensent que ça va leur ouvrir le monde, mais c'est faux, vois-tu. Ça leur ferme toutes les portes.

Il emporta le sac de brindilles et de feuilles coupées derrière la maison pour le renverser sur le tas d'herbe à brûler.

– Ça ne prendra pas, grommela-t-il. C'est trop vert. Et puis, je préfère allumer mes feux le soir, juste avant la tombée de la nuit. J'aime bien regarder s'envoler la fumée blanche, tout seul, au calme. Je n'aime rien tant que cette odeur. Et tu sais, quand je suis assis ici, auprès du feu qui crépite, il y a un crapaud qui vient me rendre visite et qui s'installe exactement là où tu es, juste à côté des flammes ! Il reste là à cligner des yeux et à déglutir, tout en contemplant le feu qui se reflète dans ses petits yeux jaunes. Il pense certainement à des choses idiotes, comme moi. On pourrait croire que la chaleur est intenable, eh bien, pas du tout ! C'est une drôle de bestiole, tout de même, conclut-il en hochant la tête.

– Il faut que j'y aille, grand-père, dis-je à contrecœur.

J'adorais rester en sa compagnie.

– Helen…, commença-t-il en se penchant pour m'embrasser, il a l'intention de t'épouser, ce garçon ?

Je détournai la tête.

– Non, grand-père. Je ne veux pas me marier.

– C'est un gentil garçon, mais il est jeune. Vous êtes beaucoup trop jeunes pour ça, tous les deux.

– Je sais, mais ce qui est fait est fait.

Il remonta l'allée avec moi, s'arrêtant de temps à autre pour ramasser des brindilles qui étaient tombées du sac, et les tint serrées contre lui, comme un bouquet de mariée.

– Je connais ta mère. Elle ne va pas te faciliter les choses. Si tu as besoin d'un foyer, pour toi et ton petit, Helen..., ce n'est pas extraordinaire, mais tu es ici chez toi. Ça me ferait très plaisir.

Je hochai la tête.

– Tu peux toujours venir à la maison. Ne l'oublie pas.

Nous avons beaucoup voyagé aujourd'hui, petit inconnu. On dirait que nous avons parcouru des milliers de kilomètres, dans des endroits tous plus étranges les uns que les autres. Je me sens quand même un peu plus proche de maman. Mais il y a encore beaucoup de chemin à parcourir, et énormément de questions à résoudre.

Quand je repense à ces vacances en France, je ne peux expliquer ce qui s'est passé qu'en en rendant les circonstances responsables.

Je ne cherche aucunement à me trouver des excuses.

Ce jour-là, le jour où tout a commencé, cela faisait deux semaines que nous nous baladions un peu partout et mon vélo commençait à être dans un piteux état : la roue arrière était voilée et le pneu frottait contre le châssis ; les vitesses patinaient – on n'avait pas arrêté de grimper des côtes exténuantes –, j'avais des coups de soleil et les fesses en compote. Nous avons cherché un réparateur de vélos dans le coin et l'avons trouvé, mais la boutique était fermée parce qu'on était lundi. Nous nous sommes assis sur le trottoir pour manger nos baguettes. J'avais l'intérieur de la bouche tellement tailladé par la croûte que je ne pouvais manger que la mie. Mon vélo était inutilisable. Les rayons étaient tous détendus. Certains avaient même transpercé le pneu. Je crois que quelqu'un avait dû marcher sur ma roue arrière au dernier camping. Je ne sais plus comment Pirsig appelait ce genre de choses dans la théorie zen mais, pour ma part, je sais que j'aurais employé des épithètes plus frappantes. Tom ne m'était d'aucune utilité. Il était partisan de se faire prendre en stop par un camion et de rentrer au pays. Nous finîmes par atterrir dans un camping rempli de cailloux où il nous fallut deux heures pour planter ma tente. Après quoi, je me décidai à examiner cette roue d'un peu plus près. Un des rayons s'était enroulé autour du moyeu, et trois autres s'étaient détachés. Dix autres étaient sur le point de tomber d'une seconde à l'autre. Nous étions bloqués ici pour deux jours, le temps que je répare tout ça. Bizarrement, cette situation me laissa parfaitement calme.

Lorsque Tom commença à planter sa tente, nous découvrîmes un gros trou dans son sac de tente et une demi-douzaine de trous plus petits dans la toile extérieure de la tente. C'était incroyable. C'est moi qui l'avais transportée dans ma sacoche, à l'arrière, et un de ces maudits rayons avait dû passer à travers. Nous lançâmes une bordée de jurons dans toutes les langues connues, et bien d'autres encore. Tom en voulait au monde entier, à la chaleur, à la France et plus particulièrement à moi. Mais nous n'étions pas encore au bout de la journée ni de nos émotions. Tom alla prendre une douche pour se calmer, tandis que je vidais mon autre sacoche : mon sac de couchage était couvert d'huile.

Ce soir-là, il se mit à pleuvoir. Tom allait devoir partager ma tente, et moi, je me retrouvais sans sac de couchage. Ma roue arrière était en pièces détachées, là où mes pieds auraient dû se trouver. Deux filles entreprirent de planter leur tente à côté de la nôtre, et comme ça lui chantait, puisque nous ne parlions pas beaucoup tous les deux, Tom alla leur donner un coup de main. Je restai dans mon coin à faire la tête en essayant de lire *Le Dernier Restaurant avant la fin du monde*, qui ne me fit pas rire une seule fois. Une musique abominable en provenance d'une espèce de boîte de nuit située sur une île en face du camping nous écorchait les oreilles. Ce DJ aurait mérité de se faire jeter à l'eau. Tom y alla avec les deux filles. Je fis semblant de ne pas les voir passer, en plaisantant sur la médiocrité de la musique. Il était impossible de lire. Au bout d'un moment, je m'approchai de l'endroit. C'était sinistre. L'une des filles me vit et me fit signe de venir les rejoindre. Je n'en avais pas envie. Je retournai à la tente, malheureux comme les pierres. Elle avait le même sourire qu'Helen.

Minuit était passé depuis longtemps quand Tom se glissa sous ma tente. Il me réveilla pour me dire que je gagnais deux à un – sa tente était trouée comme un gruyère, ma roue arrière était en miettes et mon sac de couchage était couvert d'huile de chaîne. Rien de tout cela ne semblait l'affecter particulièrement.

– Et, ajouta-t-il tandis que je sombrais de nouveau dans le sommeil, je suis amoureux, Chris.

Le lendemain matin, je dépensai quatre-vingt-dix francs chez le réparateur de vélo où je déposai ma bicyclette. Je passai le reste de la journée à lire : je terminai *Le Dernier Restaurant* et commençai *L'Attrape-cœur*. « Ce livre va te changer la vie », m'avait assuré Hippy. J'en avais bien besoin. Tom et les deux filles traînaient dans les parages, jouant au Frisbee et rameutant tous les chiens du camping. On aurait dit qu'ils passaient leur temps à rigoler, c'était exaspérant. Les filles étaient galloises : elles s'appelaient Bryn et Menai. Elles faisaient le tour de la France en stop, ce qui ne me paraît pas une excellente idée pour des filles. Elles parlaient tout le temps gallois entre elles, ce qui m'a tout de suite énervé. La petite, Bryn, était brune et incroyablement bavarde. J'essayai de ne pas faire attention à elle, mais comme elle avait pas mal lu, elle me demandait constamment à quel passage j'en étais dans ma lecture. J'ai horreur qu'on me dérange quand je suis en train de lire. Mais chaque fois que je relevais la tête, j'avais devant les yeux cet incroyable sourire.

À 6 heures, je retournai en ville récupérer ma bicyclette. C'était génial. J'achetai un peu de vin au passage et nous invitâmes les filles à dîner avec nous. Et dans la soirée, la musique débile a recommencé sur l'île et nous sommes allés danser.

C'était fantastique !

23 juillet

Cher inconnu,

Cela fait exactement un mois que j'ai rompu avec Chris. C'est très dur. Je n'arrête pas de penser à lui. Je suis étonnée de ne l'avoir jamais croisé ; il n'habite pas très loin de chez moi. On dirait qu'il a disparu de la surface de la terre. Il y avait des jours, petit inconnu, où j'avais l'impression d'être beaucoup plus âgée que lui. Il y avait des jours où il m'énervait d'être si romantique, si irréaliste. Je sais aujourd'hui que c'est ce qui me manque le plus. Il croyait qu'il suffisait de me prendre dans ses bras et de m'aimer pour que tout aille bien. Il y a des jours, en ce moment, où je me demande s'il n'avait pas raison.

J'ai enfin parlé à maman, cet après-midi. Ça n'a pas été facile. Papa était allé répéter avec son orchestre, et Robbie creusait un trou dans le jardin : il avait décidé de faire quelque chose pour l'environnement et creusait une mare. La pièce était toute dorée dans la lumière du soleil. Je proposai à maman un verre de porto, ce qui ne manqua pas de l'étonner, mais elle accepta en riant. Quant à moi, je me servis naturellement un jus d'orange avec des glaçons. Pas une goutte d'alcool pour toi, petit têtard !

J'annonçai à maman que j'avais rompu définitivement avec Chris. Je laissai libre cours à mon chagrin, devant elle, en lui faisant cette confidence. Elle m'écouta tranquillement, ne me prit pas dans ses bras ni ne manifesta une compassion quelconque. Elle ne sait pas faire ce genre de choses, mais c'est mieux ainsi : j'aime autant garder le contrôle de la situation.

Je lui dis que je ne voulais pas me marier, ni vivre avec lui, et que je ne trouvais pas souhaitable qu'on s'attache l'un à l'autre. Mais, lui expliquai-je, je le faisais essentiellement pour que Chris n'abandonne pas ses études. Je ne voulais pas être tenue pour responsable. Le meilleur moyen d'éviter cela était de rompre tout de suite. Je savais mon discours par cœur.

Maman resta silencieuse un long moment, sirotant son porto du bout des lèvres, un peu comme si elle embrassait le bord de son verre. Elle me demanda de repenser à l'idée de te faire adopter et, comme chaque fois, je répondis non, sans hésiter. Tu me donnas un coup de pied à ce moment-là. Je suis sûre que tu entends ce que je dis. Maman se contenta de hocher la tête et de pousser un soupir, mais s'abstint de toute autre manifestation de sentiment.

– Alors qu'as-tu l'intention de faire ? demanda-t-elle.

Je lui répondis que j'allais essayer de m'inscrire dans une université ou un collège de Sheffield pour préparer un diplôme de musique quand tu serais en âge d'aller à la crèche. Peut-être même pourrais-je un jour poser de nouveau ma candidature à Manchester pour faire des études de composition musicale. Maman fit une grimace : manifestement, elle me trouvait complètement folle de bâtir de tels projets. Mais je savais que tout cela était possible. J'en étais convaincue. Tout ne s'arrêtait pas dès lors qu'on avait un enfant. Non, quelque chose d'autre commençait, au contraire. Puis je lui dis que je savais qu'elle ne voudrait pas que je continue à habiter à la maison une fois que tu serais né et que grand-père m'avait proposé de vivre chez lui si je le désirais. Elle leva brusquement les sourcils. Elle ne va presque jamais là-bas ; je ne crois pas qu'elle aime beaucoup sa mère, ou alors elle n'aime pas la voir dans cet état, vieille avant l'âge et radotant un peu. Du moins, c'est ce que je pensais. Mais je découvris que la raison de leur distance était beaucoup plus profonde, plus forte.

– Ce n'est pas un endroit pour un bébé, déclara-t-elle.

Je lui répétai alors ce que Nan m'avait dit.

Je venais de passer des jours à fouiller dans les papiers de maman et de papa, pour essayer de trouver mon acte de naissance et leur certificat de mariage. J'ignore où ils ont bien pu les ranger. Je me faisais l'impression d'être une voleuse, de toucher à des choses défendues. Et au bout de quelque temps, comme je n'avais toujours rien trouvé après avoir passé la maison au peigne fin, cela m'inquiéta au plus haut point, comme si une partie de ma vie avait été perdue à tout jamais. Comme elle restait là devant moi, sans bouger, portant mécaniquement à ses lèvres son verre de porto vide, je pris mon courage à deux mains, petit inconnu, et lui demandai si j'étais née avant qu'elle ne soit mariée. Elle ferma les yeux et frissonna. Dehors, Robbie chantait en creusant son trou. Il devait faire une chaleur torride. D'un instant à l'autre, il viendrait se servir un verre d'eau et s'écroulerait sur le canapé, les jambes écartées, nous regardant alternativement, persuadé d'avoir raté quelque chose. Dans un coin de la pièce, une grosse mouche bleue bourdonnait. Je crois qu'elle était prise dans les rideaux.

Maman répondit que non, voyons, qu'ils étaient déjà mariés depuis deux ans quand je suis née. Elle prit une lettre qui traînait devant elle, sur la table, et s'éventa avec.

– Quelle chaleur ! remarqua-t-elle.

J'étais à présent comme un chien qui a flairé quelque chose et creuse fébrilement en projetant de la terre partout.

– Mais il y avait bien un bébé, non ? Nan a dit : « Telle mère, telle fille. » Qu'est-ce qu'elle a voulu dire alors ?

Il fallait que je sache, petit inconnu, pour toi. C'était une partie de ton passé, et de notre avenir à tous les deux, que je devais découvrir.

Elle dit que cela ne me regardait pas. Alors, avec le plus grand calme, sentant qu'au plus profond de moi j'étais la même personne qu'elle, de même que tu es la même personne que moi, tout comme elle est la même personne que cette vieille dame si triste et silencieuse qui contemple le monde à travers la fente des rideaux de sa chambre, je lui dis que je pensais que cela me regardait tout à fait.

– Que cherches-tu à savoir, Helen ? finit-elle par articuler.

Je lui avouai donc qu'au dire de Nan, j'avais l'impression que ma naissance était illégitime. J'étais certaine que c'était ce qu'elle avait voulu dire. Cela me coûta, mais je lui répétai textuellement la phrase de Nan : « Ce doit être une tare, dans la famille : telle mère, telle fille. » Je me faisais du mal en prononçant ces mots, et à toi aussi.

– Comment as-tu pu me croire capable d'une chose pareille ? dit-elle d'une voix glaciale et tremblante. Une chose aussi sale ?

Effectivement, c'était inimaginable. Surtout si elle trouvait que c'était sale. Comment l'amour peut-il être sale ? Si elle avait dit scandaleuse, idiote, ou irréfléchie, ç'aurait été moins blessant que « sale ». Pendant quelques instants, je fus désarçonnée. Je lui demandai si elle n'avait jamais été amoureuse, ce qui était assez insolent de ma part ; mais c'est si difficile de lui parler. Elle est tellement coincée, bloquée, fermée à double tour... Je ne peux même pas me l'imaginer à mon âge ! Elle est incapable de donner quoi que ce soit, de même qu'elle est incapable de recevoir quoi que ce soit de ma part.

– Bon. Étais-tu amoureuse de papa quand tu l'as épousé ?

Mais pourquoi ne répondait-elle pas au moins à cette question, au lieu de continuer à s'éventer, plantée devant moi, les yeux fermés, la bouche hermétiquement close, murée dans son mutisme. Je voulais voir Alice, la jeune fille qu'elle avait été, cette part de moi qui était en elle à dix-huit ans. Et elle ne pouvait, ou ne voulait pas répondre à ma question. Cela signifiait-il qu'elle l'aimait ou qu'elle ne l'aimait pas ? Un souvenir me revint alors de maman quand j'étais petite, c'était à Noël peut-être, elle avait un peu bu. Je la revis en train d'exécuter au milieu de la cuisine une espèce de danse excentrique qui nous fit rire aux larmes, Robbie et moi. Papa la regardait aussi, d'un air mitigé, à la fois fier et désapprobateur, et elle s'était avancée vers lui en dansant, lui avait posé les mains sur les épaules et avait continué à danser rien que pour lui, le dévorant du regard. Il y eut à cet instant une telle intimité entre eux que je m'étais sentie exclue et gênée. De telles situations ne se reproduisirent plus jamais.

Ce fut au moment précis où j'allais abandonner la partie et sortir de la pièce qu'elle déclara :

– Si tu tiens vraiment à le savoir, Helen, c'était moi l'enfant illégitime, pas toi.

La mouche ne bourdonnait plus. Même Robbie avait cessé de siffler.

– Je suis née en dehors des liens sacrés du mariage, comme on dit. Conçue dans le péché. Et cela, je ne le pardonnerai jamais à ma mère.

Les langues se déliaient enfin, petit inconnu.

– Je ne sais même pas qui est mon père, reprit-elle. Sauf qu'il était danseur dans un cabaret. C'est ton père qui a découvert cela.

Ces révélations me bouleversèrent. Je m'approchai de la fenêtre et regardai Robbie creuser sa mare. Un de ses copains était venu l'aider. Ils avaient ôté leur tee-shirt et ils avaient déjà attrapé des coups de soleil sur les épaules.

– Alors grand-père n'est pas…

J'étais incapable de finir ma phrase. Je me sentais plus proche de mon grand-père que de n'importe qui d'autre dans la famille, et ce depuis toujours.

– Il l'a épousée quand j'avais neuf ans. Ce qui, crois-moi, était non seulement courageux de sa part, mais généreux. À l'époque, une mère célibataire était considérée, ni plus ni moins, comme une traînée. Son enfant était un déshonneur. La famille de ma mère l'a désavouée ; elle est devenue une proscrite, et moi aussi. Un bâtard, c'est ainsi qu'on appelait un enfant qui n'avait pas de père. C'est ainsi qu'on m'appelait à l'école, quand j'étais petite. Voilà comment j'ai commencé dans la vie.

On aurait dit qu'elle avait pris sur elle tout le poids du péché, la honte de la famille, et qu'elle s'était efforcée sa vie durant de les racheter. Pour la première fois de ma vie, je la comprenais enfin. Je comprenais son attachement forcené au mot « honorabilité », ou « décence », mot qu'elle chérissait plus que tout, legs précieux venu d'un autre âge. Je fus plus choquée et troublée par cet aveu que si elle m'avait dit – ce que je croyais au début – que j'étais née avant son mariage, ou qu'elle avait eu un autre enfant avant moi, ou que sais-je encore. Parce qu'elle n'avait pas eu son mot à dire dans cette histoire, et qu'elle le regretterait toute sa vie. On ne choisit pas de naître, petit inconnu. C'est moi qui ai décidé à ta place.

Aujourd'hui, ce n'est plus une tare, comme à l'époque où maman était petite. Personne ne t'insultera.

Mais j'espère néanmoins que tu voudras bien me pardonner.

Bryn m'a donné un livre de Barry Hines qu'elle venait de terminer. Je lui dis que je le connaissais parce qu'il vivait à Sheffield ; en réalité j'avais vu seulement sa photo dans le journal. C'était un cadeau d'adieu, car nous devions remonter vers la Bourgogne.

– Nous nous reverrons peut-être là-bas, dit-elle. Enfin, ça me ferait plaisir…

Je ne répondis rien.

Nous laissâmes donc derrière nous la Dordogne pour foncer vers l'Auvergne et passâmes la journée à admirer les paysages et prendre des photos ; Tom était intarissable sur Menai. Cette nuit-là, nous campâmes en haut d'une colline balayée par les vents. Il faisait un froid de canard ; je gelais littéralement car je n'avais plus de sac de couchage. Nous avions l'impression d'être à des milliers de kilomètres de toute civilisation. La responsable du camping avait des yeux de merlan frit et Tom la surnomma « Le poisson de la fin du monde ». « Je veux voir Menai ! hurlait-il à tout bout de champ. Je ne peux plus vivre sans elle. »

– Je pensais que tu ne croyais pas à l'amour, lui rappelai-je. Tu m'as toujours dit qu'il fallait changer de copine comme on change de chaussettes.

– Ça, c'était avant que l'amour ne me donne des ampoules ! Je me meurs d'amour pour elle, Chris.

– Remets-toi. L'amour est aussi utile qu'un pneu crevé sur un vélo tout-terrain.

Il me semble bien que, sur le moment, je pensais vraiment ce que je disais.

27 juillet

Cher inconnu,

Aujourd'hui, je suis allée en ville avec maman.

– Je voudrais t'acheter quelque chose de joli, Helen, m'annonça-t-elle à brûle-pourpoint.

Il faisait très chaud et tu n'arrêtais pas de remuer. Nous sommes allées chez Cole, pour commencer, où nous avons regardé les tissus.

– Ça te plaît ? me demanda-t-elle en touchant un tissu bleu très doux.

– C'est très joli, maman.

Nous avions au moins cela en commun : nous adorions les tissus et les couleurs. Quand j'étais petite, elle me faisait tous mes vêtements.

– Bon, alors je vais en acheter. Je vais te faire une robe bien ample pour que tu n'aies pas trop chaud.

Elle aurait pu m'acheter une robe de maternité, ou même plusieurs, mais ça n'aurait pas été la même chose, et j'en étais parfaitement consciente.

Nous allâmes ensuite chez Atkinson, le chocolatier où Chris et moi allions toujours. Je m'attendais un peu à l'y rencontrer ; je n'avais pas très envie d'y aller. D'une certaine manière, le fait d'entrer dans cet endroit, de m'asseoir à une table et de constater son absence, revenait pour moi à exorciser un fantôme. Nous prîmes un chocolat chaud avec de la crème qui flottait à la surface et mangeâmes des biscuits.

– Je venais souvent ici avec Chris, lui dis-je.

Je lui confiai cela parce que je me sentais proche d'elle à cet instant. Il nous arrivait fréquemment de passer ensemble des journées semblables, il y a longtemps, quand j'avais une huitaine d'années. Elle laissait Robbie à la maison avec papa et m'emmenait faire les vitrines et acheter du tissu pour mes spectacles de danse.

– Ça ne m'étonne pas, répondit-elle. Il y avait un endroit dans le même genre près de l'ancienne gare où ton père avait l'habitude de m'emmener, il y a des années. (Elle sourit.) On pouvait y écouter un trio de jazz. On y passait des heures, la main dans la main, et on arrivait à faire durer la même tasse de chocolat tout l'après-midi.

Chris et moi, nous écoutions du rock aux écouteurs de mon baladeur. Il lui arrivait de ne pas faire attention et de se mettre à chanter tout haut. Mais peut-être le faisait-il exprès, rien que pour me faire rire.

En allant à l'arrêt d'autobus pour rentrer à la maison, j'aperçus Jill. Elle ne me reconnut pas tout de suite, et je n'avais pas très envie de lui parler. En réalité, je me sentis terriblement gênée, au souvenir de notre dernière rencontre. Comment ai-je pu te faire ça, petit inconnu, une chose aussi monstrueuse ? J'étais quelqu'un d'autre à l'époque, quelqu'un d'un peu fou, je crois, une petite fille affolée, un animal pris au piège. J'étais gênée aussi à cause de ce qu'elle nous avait dit, à Chris et à moi, à cause de ce secret si précieux et intime. Je voulais aussi lui parler de ma fuite, de notre fuite, de cet hôpital. Enfin, j'imagine qu'elle l'a compris toute seule. Elle n'avait qu'à me regarder pour savoir que tu étais là.

On aurait dit qu'un millier d'années s'étaient écoulées depuis notre dernière rencontre. Je ne savais pas non plus comment la présenter à maman tant elle était liée à ma faute et à mon secret, et moi au sien. Je crois qu'elle s'est fort bien rendu compte de mon embarras puisqu'elle s'est mise à parler de chevaux et d'écuries et, au moment où notre autobus arriva, juste avant de nous quitter, elle me dit :

– Tiens, j'ai reçu une carte postale de France ce matin. On dirait qu'il s'amuse bien, non ?

C'est donc là qu'il est. Tout cela lui est bien égal ! Comment peut-il partir en vacances et nous oublier ?

Je ne savais plus où j'en étais. Tant d'émotions avaient jeté la confusion en moi : je ne me comprenais plus moi-même. J'avais envie de courir me cacher, de me retrouver seule quelque part pour pouvoir enfin ouvrir mes pensées, comme on ouvre une pièce fermée à clé, et vaguer avec elles. Ma journée était gâchée, et cette chaleur que je recommençais à retrouver en compagnie de maman avait fondu comme neige au soleil. J'étais trop préoccupée pour parler. J'avais la langue liée, je n'avais plus rien à dire, j'étais incapable de répondre aux questions qu'elle me posait. Je savais qu'elle était déçue. Moi aussi, je l'étais. Je ne savais plus quoi faire de moi. Nous allâmes nous asseoir un moment dans le jardin, puis elle rentra dans la maison pour couper ma robe. Normalement, nous aurions dû le faire ensemble.

Lorsque nous sommes arrivés en Bourgogne, Tom et moi commencions à être fatigués de notre périple. Un clochard à la voix tonitruante s'était écroulé sur ma tente au cours de la nuit, dans sa chute il en avait arraché les tendeurs et, plutôt que de la remonter dans le noir, je me glissai dans celle de Tom. On peut dire qu'il avait choisi son moment pour ne plus changer de chaussettes, c'était une véritable infection ! Je les roulai en boule et les jetai dehors. Le lendemain matin, on les retrouva dans une flaque d'eau.

– Au moins, ça les aura lavées, lui dis-je.

Nous avons mis le cap sur un petit village entouré de prés où paissaient des dizaines de vaches blanches et nous sommes partis à la recherche du camping.

– Qu'est-ce que je donnerais pour un lit ! gémit Tom. Tu as déjà entendu parler de ça, Chris ?

– De quoi ?

J'avais vu quelque chose qu'il n'avait pas vu : une tente bien connue. Deux filles étaient en train de lire, couchées sur le ventre.

– Des sommiers, avec des matelas, des draps et des oreillers. Communément utilisés à la place des toiles de tente étendues sur la boue et les cailloux, en l'état actuel des connaissances…

Il les vit à son tour. Il brandit le poing, je l'imitai. Nous souriions jusqu'aux oreilles.

Nous avons passé la nuit tous les quatre assis dans le noir, à boire du vin et à regarder les étoiles. Nous leur donnions les noms les plus absurdes, que nous traduisions ensuite en français, avant que Bryn ne les traduise en gallois. Elle voulait être écrivain. Elle va préparer elle aussi son diplôme d'anglais l'année prochaine, à Leeds. C'est fou ce qu'elle me fait penser à Helen, bien qu'elle ne lui ressemble absolument pas.

Nous étions censés continuer vers les Alpes, le lendemain, mais il n'en fut plus du tout question. Je suppose qu'il s'agit du destin, comme disait Tom. Si seulement nous avions choisi un autre camping !

Au lieu de cela, nous sommes allés nous promener en pleine chaleur de midi, dans des petits sentiers sinueux et le long des champs de blé.

– C'est une journée en or ! s'exclama Bryn.

Elle me regarda une seconde, puis détourna les yeux en se mordant la lèvre.

– J'aimerais qu'elle dure toute la vie.

Elle me récita un poème en gallois puis entreprit de m'initier aux arcanes de la poésie galloise. Nous riions comme des fous, essayant de composer un poème en anglais qui respecterait les mêmes règles métriques, lorsque nous nous sommes aperçus que nous avions perdu Tom et Menai. Nous n'avions aucune idée de l'endroit où ils pouvaient se trouver. Il faisait tellement chaud que nous avions l'impression de traverser une fournaise, parmi les milliers de criquets qui chantaient sans répit, chargeant l'air d'une intense clameur. Nous avons traversé un bouquet d'arbres, à la recherche de l'ombre, et découvert une petite rivière en contrebas. Elle avait l'air sortie d'un rêve. Bryn se déshabilla et se jeta à l'eau. Je n'en croyais pas mes yeux : Helen n'aurait jamais fait une chose pareille, jamais de la vie, pensai-je tandis que Bryn ôtait ses vêtements les uns après les autres comme s'il se fut agi de la chose la plus naturelle du monde et riait avec moi en sautant dans l'eau. Il n'y avait pas un bruit, hormis le bourdonnement des insectes et le chant incessant des criquets.

– Allez, Chris, viens !

Quelques vaches pataugeaient un peu plus bas, dans la rivière, et une espèce de matière brune peu engageante flottait à la surface de l'eau. Tout cela ne me donnait guère envie de me baigner. Mais comme Bryn ne cessait de m'asperger, je fus bien obligé de la rejoindre. Nous avons nagé en direction des vaches qui nous regardèrent passer, en rang d'oignons, le regard triste et langoureux. D'immenses libellules vert et bleu tournoyaient au-dessus de nos têtes. Bryn dit que c'était des demoiselles. Nous sommes sortis de l'eau et nous nous sommes allongés au soleil. J'avais un peu peur de la regarder.

Elle m'apprit qu'elle avait rompu avec son petit ami juste avant son départ pour la France, et qu'elle croyait ne plus jamais pouvoir être heureuse, mais qu'elle avait passé une journée formidable. Je lui parlai d'Helen.

– À quoi ressemble-t-elle ? demanda Bryn.

À un poème, à une étoile, avais-je envie de répondre.

– Elle est géniale, dis-je.

– Oh ! s'exclama Bryn en éclatant de rire. Alors elle est trop intelligente pour toi.

J'aurais aimé lui parler aussi du bébé, mais je n'y arrivai pas. Je lui dis simplement qu'Helen avait décidé de ne plus me voir. Elle voulut savoir si cela me faisait beaucoup souffrir, et je lui dis que oui, la voix un peu rauque. Nous sommes restés allongés, sans rien dire, dans l'herbe pleine de coquelicots, de papillons, de grandes demoiselles, et j'étais en train de me demander comment j'allais pouvoir me sortir de cette situation, quand elle roula vers moi, tendit les bras et commença à m'embrasser.

Oh, Nell, tu me manques tant.

Août

8 août

Cher inconnu,

Il fait trop chaud. J'ai tout l'air d'un navire qui tangue, d'un énorme galion aux voiles gonflées. Comment pourrais-je grossir encore sans éclater ? J'ai vu un film un jour où un homme se gavait de nourriture au point d'exploser en plein milieu du restaurant. Cela m'avait fait rire à l'époque.

Et tu ne me facilites pas la tâche : tu n'arrêtes pas de me donner des coups de coude. J'imagine que tu dois te sentir un peu à l'étroit là-dedans. Il y a des moments où tu me fais l'effet d'être aussi gros qu'une baleine qui sortirait péniblement de la mer en arquant son grand dos. J'ai entendu un enregistrement du chant des baleines ; elles communiquent à plusieurs dizaines de kilomètres dans l'océan. Je me demande si tu chantes, là-dedans. Moi qui croyais que les océans étaient des endroits silencieux ; en réalité, il doit y avoir autant de bruit que sur une autoroute, avec toutes ces baleines chantantes.

Je suis littéralement assiégée par une armée de médecins, de sages-femmes et d'assistantes sociales qui contrôlent mon poids, ta taille, les battements de ton cœur, ma pression artérielle, de sorte que j'ai plutôt l'impression d'être une place forte qu'un individu. Ils me prennent totalement en charge, et j'ai bien peur qu'ils n'en fassent autant avec toi. Je rêve que je suis couchée dans un lit d'hôpital et que quelqu'un passe près de moi avec un landau. Je sais que tu es dedans, et qu'ils vont t'enlever à moi ; j'essaie de me redresser mais je n'arrive pas à bouger mes bras ni mes jambes, lourds comme du plomb ; j'essaie de crier, mais j'ai un bâillon sur la bouche, et ma mère, assise auprès de mon lit, me sourit.

On m'a donné des exercices de respiration et de relaxation à faire, mais dès que je commence je me mets à trembler. Petit inconnu, je me demande comment va se passer ta naissance. Je sais qu'il y aura beaucoup de monde autour de moi ce jour-là, mais je serai quand même la seule à souffrir. Dans ma tête, je crie de toutes mes forces ; on croit que je suis calme, que je ne m'inquiète pas. À la maison, assise devant la télévision avec Robbie, mon visage est serein, mais dans ma tête je pousse des hurlements.

Aujourd'hui, Ruthlyn m'a accompagnée au cours de relaxation. J'ai horreur d'y aller. Je me sens seule, je ne connais personne et je suis beaucoup plus jeune que toutes ces femmes. Au moins, Ruthlyn est capable de voir le côté drôle de la chose. Nous n'avons pas arrêté de rire pendant tout le trajet jusqu'à la clinique. Les gens nous regardaient, comme si notre rire était une atteinte à leur vie privée, puis se jetaient des regards de connivence en me voyant. Enfin, en t'apercevant, je veux dire. J'ai l'impression d'avoir une douzaine d'années, petit inconnu. Une femme m'a même tapoté gentiment le ventre quand je suis descendue de l'autobus ! Quel toupet ! Qu'aurait-elle dit si je lui en avais fait autant ? « Tu as l'air en pleine forme, ma chérie », a-t-elle dit en touchant mon ventre, comme une bonne fée. Je ne me sentais pas du tout en forme. J'ai mal au dos en permanence, tu es si lourd ; ma tête va exploser sous mes cris.

À la clinique, j'ai dû m'allonger sur le dos et respirer lentement et régulièrement, me rouler en boule, monter et descendre les jambes, tout doucement. Je te sentais parfaitement. Certains maris accompagnaient leur femme. Des femmes gonflées comme des baudruches dont les époux ou les amis tenaient les chevilles tandis qu'elles s'efforçaient de simuler les efforts du travail. Ruthlyn fit son possible pour essayer de rester sérieuse et efficace, mais chaque fois qu'elle croisait mon regard, elle éclatait de rire. Elle pouvait se le permettre. Moi, ça me fait mal de rire. En fait, personne ne prenait cela au sérieux. C'était irréel. Nous étions toutes aussi timides les unes que les autres et nous souriions comme des enfants qui vont à l'école pour la première fois. Si je me sentais gênée, je me sentais également soutenue par toutes ces femmes. Embarrassée et embrassée, pour ainsi dire. Après la séance, nous discutâmes entre nous de la date présumée de nos accouchements respectifs et, brusquement, ça devint terriblement réel. Plus que quelques semaines ! Cela va véritablement arriver, pour de vrai.

Je suis impatiente de te voir.

Je suis sortie détendue de la clinique. J'aurais pu aller me coucher instantanément. Tu t'étais assoupi, pour changer. Nous nous assîmes, Ruthlyn et moi, derrière une jeune mère dans l'autobus. Son bébé essayait de nous voir par-dessus le siège ; cela nous fit rire et nous jouâmes à cache-cache avec lui pour le faire sourire. Il avait l'air tellement sérieux, comme un vieux petit professeur. Il ne nous quittait pas des yeux. Je me demande bien à quoi il pouvait penser. Est-ce que les bébés pensent ? Et toi, là-dedans ? Ou la pensée ne vient-elle qu'avec l'expérience ? Et puis soudain, le bébé en eut assez de nous, de l'autobus, ou de la vie, ou d'autre chose ; toujours est-il qu'il se mit à brailler. Ses yeux disparurent derrière deux énormes joues rouges comme des ballons, sa bouche se transforma en un carré noir et il cria, hurla, mugit, lançant des salves de sons meurtriers qui éclataient comme des feux d'artifice retentissants. Sa pauvre mère essaya tout : les bisous, les câlins, assis, debout, couché, bercé, sur le ventre, sur le dos, un doigt dans la bouche, tant et si bien qu'elle finit par être encore plus rouge que le bébé et tout le bus commença à s'agiter nerveusement. Je suis certaine qu'elle est descendue avant son arrêt. Elle se leva brusquement, emportant avec elle son paquet hurlant et ses deux paniers à provisions. Sa poussette pliante resta coincée au milieu des sacs déposés dans le porte-bagages. Comme je me levais pour l'aider, elle me jeta un regard à la fois compréhensif, désespéré et compatissant. Elle ne portait pas non plus de bague au doigt. Cela signifiait-il qu'elle vivait seule avec son enfant ? Et pleurait-il comme ça toute la nuit ? J'entends encore ses cris. Les as-tu perçus aussi, petit inconnu ? Est-ce que tu y as répondu, de ta petite voix subsonique et océane ?

Ruthlyn me sourit quand je me rassis.

– Sale petit moutard ! murmura-t-elle. Le tien ne sera pas comme ça, Helen.

Mais déjà, Ruthlyn et moi étions à des milliers de kilomètres l'une de l'autre. À des milliers de kilomètres.

Lorsque nous eûmes les résultats des examens, la France était déjà loin. Je passai prendre Tom chez lui à vélo et nous nous rendîmes ensemble à l'école. Nous aurions pu nous les faire envoyer par la poste, mais franchement, je ne crois pas que j'aurais eu la force d'ouvrir l'enveloppe. Nous nous serrâmes la main devant la porte du secrétariat, tout comme nous l'avions fait le matin même du premier examen. Mme Price me sourit et fit un signe de tête en direction de la table où étaient étalées les petites bandes de papier pliées sur lesquelles figuraient les résultats. Je n'arrivais pas à trouver mon nom, puis ce sont les notes qui m'échappèrent tant il y avait de choses inscrites. Je réussis à trouver l'anglais : A ! Je poussai un cri de joie qui fit sursauter Mme Price. Mon cœur se remit à battre. Je ne m'étais pas aperçu qu'il s'était arrêté. C en français. Il s'arrêta de nouveau. F en culture générale. Il doit y avoir une erreur. Je fis à toute vitesse le calcul de mes notes et m'aperçus qu'il m'en manquait une. Impossible de la trouver ni de savoir de laquelle il s'agissait ! Je dus m'asseoir un instant. Il me fallait trois B, et je ne les avais pas. C'est à ce moment que je réalisai combien je tenais à ce diplôme d'anglais. Je n'avais pas voulu y penser jusqu'à ce jour, pas vraiment en tout cas. Il m'avait été impossible de me concentrer sérieusement sur quoi que ce soit. Peut-être que l'éloignement a été bénéfique. Bryn aussi l'a été, probablement, d'une manière certes assez curieuse, perverse et un peu tordue. Et aujourd'hui, on dirait bien que j'ai gâché ma chance. Encore un coup du destin ! Il en avait une de ces façons de se mêler de vos affaires…

Mme Price leva les yeux de sa machine à écrire.

– Ça va ? s'enquit-elle.

– J'sais pas. Je crois que c'est fichu pour moi.

Elle se leva et fouilla dans les papiers.

– Il me faut trois B, mais j'ai un A, un C et un F, et il y a une note que je ne trouve pas, expliquai-je en m'éclaircissant la gorge. Ça y est, je sais : sociologie !

– Tu as B, annonça-t-elle.

Elle a un peu de moustache sur la lèvre supérieure, mais elle est gentille. Il y a des jours où je me dis que ce doit être bien d'avoir une mère comme Mme Price. Elle sent le talc.

– Va voir M. Harrington, me dit-elle. Il va te conseiller.

Tom vit à ma mine que quelque chose n'allait pas, mais il se contenta de baisser la tête et passa devant moi comme s'il ne me connaissait pas. J'hésitai devant la porte de Hippy Harrington. Il peut être tellement pénible quand il s'y met, il a l'enthousiasme explosif et envahissant. J'essayai de m'arracher un sourire, mais mes lèvres restèrent résolument collées. Il sifflotait. Il fit un bond en me voyant. Manifestement, il n'avait rien perdu de son énergie : il balaya d'un geste large le dessus de son bureau, éparpillant tous les papiers qui s'y trouvaient, comme l'aurait fait un bon chien en agitant la queue.

– Chris ! Ça alors ! s'exclama-t-il. A en anglais ! J'en étais sûr que ça marcherait !

Il était si content que mes lèvres se détachèrent malgré moi et je lui souris. Je commençais vraiment à croire que je l'avais fait pour lui, pour le récompenser de son enthousiasme et de son amour pour la littérature. Aucun autre professeur ne semblait aimer avec autant de passion ce qu'il enseignait. « Le langage, c'est la force », disait-il. « La littérature, c'est l'amour. Et la poésie est la nourriture de l'âme. » Je me souviendrai toujours de ça, bien que je ne sache pas exactement ce qu'il a voulu dire. Je me rappelle un jour où nous devions faire une explication de texte, un poème de Yeats : il a ouvert le livre les mains tremblantes. Il nous a lu le poème avec une telle vénération qu'on aurait dit qu'il nous offrait quelque chose d'exceptionnel, une part de lui-même. Alors, il se peut fort bien que j'aie eu ce A rien que pour lui. Ça me semblait si loin tout ça aujourd'hui, ces lectures, ces lignes qu'on devait souligner au crayon, ces citations que l'on devait apprendre par cœur, rien que pour faire plaisir à Hippy.

– Alors, Chris, te voilà fin prêt pour Newcastle, hein ?

Je lui parlai de mes résultats, mais il me dit que tout se passerait bien : il allait donner un coup de fil et voir ce qu'il pouvait faire.

– Tu vas être content, tu vas être content, répéta-t-il en hochant la tête comme un vieux père Noël devant sa hotte.

Je restai planté devant lui, mal à l'aise, sans savoir que faire ni que dire. Au revoir, ou quelque chose dans le genre. Merci pour tout. Surtout pour Yeats. Comme je me baissais pour ramasser ses papiers, il se baissa en même temps que moi. De dessous la table, il me demanda :

– Et ta petite amie, Chris, où va-t-elle cette année ? Elle étudie la musique, n'est-ce pas ? À Manchester ?

– Elle va avoir un bébé, monsieur. Nous avons rompu.

Il tomba sur les fesses et me regarda pardessus son bureau. Je me relevai lentement. Je crois que je ne me suis jamais senti aussi mal qu'en cet instant.

– Pauvre gosse, dit-il.

Il devait parler d'Helen, ou du bébé. Mais la manière dont il me regarda me retourna l'estomac : il savait exactement ce que je pouvais éprouver.

Il n'y avait rien à dire. Je posai les papiers sur son bureau et rentrai chez moi.

Je téléphonai à Ruthlyn cet après-midi-là. Sa mère me dit qu'elle était trop bouleversée pour venir me parler.

– Elle a eu des B partout. Elle est brillante, cette petite. Mais elle dit que ce n'est pas suffisant.

– Pauvre Ruthlyn. Alors, elle ne peut pas s'inscrire en médecine ?

J'entendis Coral se moucher au bout du fil. Je voyais son bon visage si sympathique, soudain soucieux et triste.

– Elle pleure trop pour me le dire. Ça fait rien, c'est ce que je me tue à lui répéter, t'inquiète pas, ma fille, tu peux m'aider à m'occuper des enfants. Pleure, allez, pleure, va !

– Vous ne connaîtriez pas les résultats d'Helen, par hasard ?

– Si, elle est là-haut avec Ruthlyn. Elle a des A partout.

Je souris béatement au téléphone.

– Dites-lui que je suis content pour elle. Et

dites à Ruthlyn de ne pas s'inquiéter, elle peut se représenter. Et dites aussi à Helen que j'ai eu A, B, C.

J'entendis la mère de Ruthlyn griffonner sur un morceau de papier en soufflant entre ses dents.

– A, B, C… Tu veux lui dire toi-même ? Elle est juste à côté de moi.

– Oh, oui, merci !

– Helen, articulai-je, la voix rauque.

Je la voyais en train de renverser la tête en arrière, chassant de ses yeux quelques mèches de cheveux qui retomberaient inévitablement quelques secondes plus tard. Cela faisait des semaines que je n'arrivais plus très bien à me la représenter.

– Helen ? répétai-je.

Pendant une seconde, j'entendis de nouveau sa voix qui chuchotait quelque chose à Coral.

– Elle est trop émue pour te parler ! reprit Coral de sa voix chantante, débordante de sympathie. Qu'est-ce que je peux faire avec ces filles, hein, Chris, dis-moi ? Si tu as une idée, je t'écoute.

Mais je ne lui répondis pas. Je raccrochai aussi doucement et délicatement que possible, comme si le moindre bruit risquait d'anéantir à tout jamais le son ténu, fragile, à la limite de la perception, que je venais d'entendre : la voix d'Helen après toutes ces semaines de silence.

« Je ne peux pas. » Je gardai précieusement dans ma tête ces quelques mots chuchotés, montai dans ma chambre et contemplai, assis devant la fenêtre, les arbres agités par le vent et la bruine qui, tel un filet aérien, les enveloppait. Le chat poussa la porte et s'approcha de moi sur la pointe de ses coussinets, sauta sur mes genoux et resta immobile et silencieux tandis que la douce voix d'Helen se faisait entendre pour s'effacer à nouveau puis résonner encore à mes oreilles, comme une petite goutte d'eau à l'extrémité d'une stalactite de glace.

Quelques jours plus tard, ma mère téléphona. C'était bizarre de l'entendre ainsi, se rappelant brutalement à moi. J'imaginai la pièce, avec tous ces livres et toutes ces photographies aux murs.

– J'ai quelques jours de congé, dit-elle. (J'étais sûr qu'elle était en train de fumer.) Je me demandais si tu n'aurais pas envie de venir faire un peu d'escalade avec nous.

L'escalade m'était complètement sortie de l'esprit. J'avais l'impression que ce n'était pas moi qui, il y avait très, très longtemps, avais essayé en vain d'escalader le mur du collège technique. Je ne sais même plus ce que je voulais prouver en y allant.

– Je suis en train de m'occuper de mes inscriptions à l'université. Je ne pourrais pas plutôt venir le mois prochain ?

Dans la cuisine, papa rangeait la vaisselle en faisant le moins de bruit possible pour ne pas me déranger, et peut-être pour entendre ce que je disais. Je me demandai quelle serait sa réaction si maman demandait à lui parler.

– Mais oui, passe quand tu veux. Viens avec Helen, naturellement. Comment va-t-elle ?

– Très bien, répondis-je.

À ces mots, papa tourna la tête.

– Et quels sont vos projets ?

– Euh, c'est un peu compliqué, dis-je, la gorge sèche.

– Bon, préviens-moi quand vous viendrez. Ne tardez pas trop, on vous attend tous les deux avec impatience.

– D'accord, maman. Joan. Merci.

Le téléphone est un objet diabolique. Il nous oblige à nous comporter en imbécile et en menteur. Comment dire la vérité lorsqu'on ne regarde pas les gens en face ? Je n'étais pas fier de moi. Comment ai-je pu dire à mon professeur d'anglais que j'avais rompu avec Helen et être incapable de l'avouer à ma mère ? Comment ai-je pu parler au téléphone avec ma mère alors que mon père se trouvait à quelques mètres de moi, en faisant comme si l'un des deux n'existait pas ? Il y avait un problème. Quelque chose était en train de se tisser dans ma tête, comme une toile d'araignée, et je devais en démêler tous les fils.

J'allai dans la cuisine et observai papa. Il était en train de préparer des omelettes, cassant les œufs séparément dans un bol, les sentant pour s'assurer de leur fraîcheur. Les blancs se précipitèrent les premiers, clairs et épais, entraînant les jaunes dans leur chute. J'attendis le moment où il allait crever les jaunes d'un coup de fourchette. Et je ne sais pas ce qui me poussa à lui dire ça, je crois que cela avait un rapport avec la façon dont il a levé la fourchette en se contentant de regarder fixement les filaments des œufs sans chercher à les battre. Il était ailleurs : il ne pensait certainement pas à ce qu'il faisait.

– Papa, tu vois un inconvénient à ce que maman me téléphone ?

– Non, pas précisément.

Il me tournait toujours le dos, sans relâcher cette espèce de tension élastique qu'il avait établie entre sa fourchette et le bol, comme s'il était payé pour le faire.

– Mais ça ne te dérange pas, la façon dont ça se passe ?

– Pas trop…, répondit-il tandis que l'épais filament se rompait. Un peu…

J'eus l'impression qu'une porte s'ouvrait puis se refermait brusquement, me laissant à peine le temps de risquer un coup d'œil dans une pièce secrète. Les parents sont des gens tellement mystérieux.

Le coup de téléphone suivant provenait de Hippy qui m'annonçait qu'il n'y avait aucun obstacle à ce que je m'inscrive à Newcastle.

– Formidable, dis-je, la gorge sèche comme de la toile émeri.

– Profites-en bien, Chris. Tires-en le meilleur parti et vis ta vie comme tu l'entends.

On dirait que l'on n'a jamais à décider quoi que ce soit : les choses se mettent en place sans que l'on ait à intervenir.

Le lendemain matin, j'étais au lit avec une légère gueule de bois quand Guy passa la tête par la porte et me dit qu'il y avait quelqu'un pour moi dehors.

– Qu'il parte, dis-lui que je suis en train de crever, râlai-je.

– Ce n'est pas quelqu'un, c'est quelqu'une.

Guy disparut tandis que je sautais hors de mon lit. Je m'approchai de la fenêtre à quatre pattes car je n'étais pas présentable, mais je ne vis rien ni personne. C'était encore une bonne blague de Guy. Je m'apprêtais à m'écrouler de nouveau sur mon lit lorsque j'entendis la voix de papa et le rire d'une fille. Je fouillai fébrilement mes tiroirs en quête de chaussettes propres, chassai le chat de mon jean et de mon tee-shirt roulés en boule dans un coin, et dévalai l'escalier en manquant trois marches. En contrebas, dans l'entrée, papa me considéra avec une expression interloquée, puis il recula et je découvris enfin son interlocutrice. C'était Bryn. Elle était superbe.

Je m'assis sur les marches pour mettre mes chaussettes et de l'ordre dans mes idées, par la même occasion.

– Salut ! C'est une heure pour se lever ? lança-t-elle.

– Qu'est-ce que tu fais ici ? demandai-je.

– Elle est venue te voir, apparemment, répondit papa avant de disparaître dans la cuisine, et j'eus l'intime conviction qu'il n'y était pas seul.

– Je vais à Leeds, essayer de me trouver une chambre pour la rentrée prochaine. Mais quand le train s'est arrêté à Sheffield, c'était trop beau ! J'ai eu envie de passer te voir.

– C'est incroyable !

J'essayai de me lever mais je dus me rasseoir. Je voyais papa dans la cuisine qui secouait la tête face à quelqu'un : Jill était avec lui ; une tasse de café à la main, elle regardait Bryn. Guy, qui était en train de jouer avec la fermeture Éclair de son blouson, se trouvait entre Bryn et la cuisine. Quant à moi, assis au milieu de l'escalier, une chaussette à la main, c'est à travers les barreaux de la rampe que je voyais Bryn.

Son beau sourire s'effaça.

– Tu n'es peut-être pas content de me voir ?

– Mais si, voyons, je suis ravi.

Jill se pencha en avant pour fermer doucement la porte de la cuisine et Guy leva les yeux vers moi, l'air coupable, et s'empressa de monter dans sa chambre en m'enjambant. Je descendis rejoindre Bryn. Elle était très bronzée et me paraissait toute petite.

– Salut, articulai-je, ne trouvant rien de mieux à dire.

– Je prendrais volontiers une tasse de café, annonça-t-elle, avec une timidité soudaine.

Je ne me sentais pas le courage d'entrer dans la cuisine et de la présenter à mon père et à Jill, de leur expliquer où nous nous étions rencontrés et tout.

– On peut aller en prendre un chez Tom. J'allais justement faire un saut chez lui.

– D'accord.

Il avait intérêt à être là. Je ne voyais vraiment pas où j'aurais pu l'emmener autrement. Je montai chercher mes chaussures ; j'avais les nerfs en pelote. Impossible de mettre la main sur mon peigne ! J'aurais dû me raser aussi, et une bonne douche ne m'aurait pas fait de mal, mais plus vite nous partirions d'ici mieux ce serait. Je redescendis puis remontai chercher mes clés dans ma chambre. J'étais dans le même état que si j'avais eu un train à prendre. En partant, je vis son petit sac à dos par terre, dans l'entrée, et lui dis de l'emporter. Elle eut l'air déçue. Je me sentais nul, nul, nul.

Avant que nous ne soyons arrivés au bout de la rue, il se mit à pleuvoir.

– Je crois qu'on ferait mieux de rentrer, dis-je, trempé : je n'avais que mon tee-shirt sur le dos.

– Sûrement pas, répondit-elle d'une voix tendue et haut perchée. Il faut que je sois à Leeds cet après-midi.

– C'est dommage.

– Et j'aimerais bien voir Tom.

– Oh, lui aussi… il aimerait bien te voir, je veux dire…

Nous étions aussi polis que deux étrangers qui se rencontrent dans un train. Je n'arrivais pas à m'y faire. Je ne pouvais pas croire qu'il y avait à peine un mois nous nous étions baladés ensemble en France comme deux vieux amis. Les souvenirs de cette journée au bord de l'eau, la rivière, le bourdonnement des insectes, le chant des criquets m'assaillirent. Peut-être, comme le vin, le soleil m'était-il monté à la tête…

– Et tes résultats, alors ? demanda-t-elle.

Je fis une grimace.

– C'était ric-rac. Il y a deux matières que j'ai complètement ratées.

– Moi, c'est pareil, répondit-elle en souriant. Les résultats ont tous été catastrophiques dans notre école. On a demandé à être renotés.

– Mais tu es admise.

– Oui, heureusement. C'est l'essentiel.

Les gouttes de pluie me descendaient le long du dos comme des vers de terre, et mes cheveux collaient à mon front. J'étais un peu inquiet pour le dessin de mon tee-shirt : je l'avais fait moi-même et il n'avait pas encore été lavé. J'aurais l'air fin s'il se mettait à déteindre. Mais franchement, c'était bien là le cadet de mes soucis.

– Qu'est-ce qu'il y a ?

– Rien. C'est la surprise. Je ne m'attendais pas à te voir, c'est tout.

– D'accord. Donc tu n'aimes pas les surprises.

Nous marchions en silence. Je croyais pourtant que Tom habitait tout près de chez moi, mais ça me parut à des kilomètres. Heureusement, il était là ; et il a tout arrangé, ce brave Tom.

– C'est incroyable ! ne cessait-il de s'exclamer. Toi, à Sheffield ! Ça alors !

Il alla chercher ses photos de nos vacances en France et les étala sur le tapis. Bryn sortit les siennes de son sac à dos. Nous ne tardâmes pas à rire comme des bossus en les regardant et en évoquant les personnages que nous avions rencontrés dans les campings – M. Bienvenu, Jeremy Stereotype et sa petite famille, le poisson de la fin du monde, etc. Au fur et à mesure que les souvenirs remontaient à la surface, nous nous les jetions au visage en éclatant de rire. C'était nerveux. J'étais dans un état proche de l'hystérie.

Tom proposa d'accompagner Bryn à la gare et d'acheter des frites à grignoter en chemin. Le soleil avait refait son apparition. Nous étions toujours aussi excités ; la fatalité fit le reste. Je crois que rien de tout cela ne serait arrivé si nous n'avions pas été dans cet état d'hystérie. Je me penchais pour relacer ma chaussure quand, poussé par je ne sais quel démon, Tom souleva Bryn et la déposa sur mes épaules. Elle poussa un cri et s'agrippa à mes cheveux des deux mains ; j'avançai avec précaution, le dos droit, pour qu'elle ne tombe pas. Nous hurlions tous les trois de rire. Je ne voyais rien car, à un moment, elle avait baissé ses mains sur mes yeux. Je marchais donc les bras écartés pour garder l'équilibre comme un fil-de-fériste, quand soudain Tom cessa de rire et me donna un coup de coude.

Je repoussai les mains de Bryn et les gardai sur les côtés de mon visage, nos doigts fermement entremêlés pour qu'elle ne risque pas de tomber. C'est alors que je vis ce que Tom avait vu : deux filles s'étaient arrêtées au bout de la rue et s'apprêtaient à faire demi-tour. Ce fut de nouveau comme si je voyais une porte s'ouvrir et se refermer aussitôt, sauf que cette fois il n'y avait pas de pièce secrète de l'autre côté. L'une des deux filles était noire. L'autre était petite et blonde. J'eus le plus grand mal à la reconnaître tant elle avait changé.

Cher inconnu,

Je le déteste ! Je le déteste ! Je le déteste !

Septembre

15 septembre

Cher inconnu,

J'ai du mal à imaginer qu'il ne reste plus que deux semaines à attendre. Au plus profond de moi, il y a toujours ce cri, cette peur ; et en même temps une sorte de paix. J'ai hâte de te voir. J'aimerais que tu apparaisses d'un coup de baguette magique. Nous avons planté un groseillier dans le jardin. J'ai peur d'avoir mal, petit inconnu. C'est plus fort que moi. J'espère que l'on va bien s'aimer tous les deux. Je veux dire, s'aimer vraiment. Je me demande ce qu'a pu penser ma mère la première fois où elle m'a vue.

Mon père a acheté un petit lit pour toi. C'était assez extraordinaire de le voir batailler pour l'extraire de la voiture, de comprendre ce dont il s'agissait, de guetter l'expression de maman et de s'apercevoir qu'elle restait de marbre. Elle tient toujours à ce que je te fasse adopter. Elle pinça les lèvres, suivit papa au premier, après quoi je les entendis cogner les meubles en déplaçant mon lit pour faire de la place. Je montai les rejoindre.

– Je peux rester ici, alors ? demandai-je.

– Naturellement qu'elle reste ici, dit papa à maman.

– Où pourrais-tu aller de toute manière ? interrogea-t-elle. Mais n'oublie pas que c'est provisoire. Et toi, ne défais pas ça, dit-elle à papa. Pas avant la naissance.

Elle alla dans sa chambre et s'y enferma. Je voulus la suivre, mais papa m'en dissuada.

– C'est sa manière à elle de prendre les choses, Helen, dit-il en secouant la tête. Alors laisse-la.

Il avait l'air de la comprendre assez bien, finalement.

Je me laissai tomber sur mon lit. Le petit lit était replié contre le mur. Il était jaune pâle, avec des petits lapins en barboteuse bleu et rose qui cabriolaient le long des montants.

– Comment pourrais-je rester si on ne veut pas de moi dans cette maison ?

Papa se racla la gorge et s'accroupit devant moi, posant ses longs doigts maigres à plat sur ses cuisses.

– Mais si, voyons, on te veut. Oublie-moi ces bêtises. Tu es notre fille. Ne l'oublie jamais. Ça n'était pas dans nos projets d'avoir un petit bébé à la maison…

– Dans les miens non plus.

– Nous ne voulons pas te perdre, tu sais.

Je secouai la tête ; papa leva la main et me fit une petite caresse sur la joue, geste timide qui ne lui ressemblait pas.

– Tu resteras ici tant que tu le désireras. Je te le promets. Mais toi, Helen, tu vas me promettre de ne pas laisser tomber la musique. Un jour, tu te remettras à la danse. Promets-le-moi.

Je lui en fis la promesse, bien que le cri qui résonnait dans ma tête fût assez puissant pour couvrir le son de nos paroles. Peut-être était-ce toi qui poussais ce cri de baleine tout au fond de moi ? Après le départ de papa, qui avait regagné sa chambre, je restai un long moment assise sur mon lit, à écouter ce cri, tout en comptant les petits lapins qui faisaient la ronde tout autour du lit et cabriolaient pour tous les bébés du monde. J'entendais papa et maman dans leur chambre, qui se réconfortaient mutuellement.

Puis je suis allée voir ma grand-mère et mon grand-père. Je n'arrive pas à me rappeler la dernière fois que j'y suis allée avec ma mère, ni même si ma grand-mère était jamais venue à la maison. Je me demandai si de telles blessures se cicatrisent jamais, s'il n'arrive pas un moment dans la vie où il est plus facile de pardonner que de continuer à souffrir. Mais ce dont j'étais persuadée, c'était que je ne pourrais jamais vivre avec Nan aujourd'hui. Comment pourrais-je supporter ses silences ? Un jour, j'essaierai de lui parler ; après tout, nous avons beaucoup en commun. Je voudrais lui poser des questions sur mon vrai grand-père, le danseur de cabaret. J'attends le moment opportun pour interroger ma grand-mère, c'est une toute petite promesse que je me suis faite et qui fait chaud au cœur. Je ne comprends pas pourquoi les jeunes ont tellement de mal à parler avec les personnes âgées des choses véritablement importantes. Mais de toute façon, c'est très difficile de parler de quoi que ce soit avec Nan.

Son regard s'éclaira lorsque j'entrai dans sa chambre ce jour-là, un éclair fugitif qui s'évanouit aussi vite qu'il était apparu. Je suis au courant, Nan. Je connais ton secret. Je m'approchai d'elle et lui passai les bras autour du cou. Il émanait d'elle une exquise odeur de savon.

– J'ai un cadeau pour toi, me dit-elle.

C'était un châle pour toi, petit inconnu. Grand-père me raconta qu'il avait dû descendre du grenier toutes les boîtes, dans lesquelles elle avait fouillé pendant des heures, remuant le passé, pour trouver cela. Il avait dû appartenir à maman quand elle était bébé. Peut-être était-ce même celui de ma grand-mère, l'enfant du tiroir. Elle l'étendit devant moi pour que je le touche. Puis, au lieu de me le donner, elle le garda roulé sur les genoux et le contempla en silence.

– Il est ravissant, Nan, dis-je.

Elle sombrait de nouveau dans ses rêveries. Je touchai sa main sèche et parcheminée.

– Elle préfère peut-être le laver avant de te le donner, suggéra grand-père. Il est très vieux, tu sais.

Elle le regarda un instant.

– Comment veux-tu que je le lui donne, avant que le bébé soit né ? lui demanda-t-elle brusquement. Il se pourrait qu'il soit mort !

Oh, mon petit, comme je souhaite que tu vives, que tu sois en bonne santé et que tu aies toutes les qualités à mes yeux !

Non, nous ne pourrons pas vivre chez Nan. Je veux que tu puisses crier à pleins poumons si ça te chante, sans que ça dérange personne. Je veux que l'on puisse crier tous les deux si ça nous fait plaisir.

21 septembre

Ma chère Helen,

Je sais que tu es une jeune femme indépendante qui décide toute seule ce qu'elle doit faire ou non. Je t'admire en cela. Quels que soient tes projets, je te souhaite de les mener à bien. Quoi qu'il arrive, tu es forte ; tu as cette qualité. Toi et ton enfant aurez besoin d'argent, et j'aimerais t'aider financièrement, jusqu'au moment où Chris sera en mesure de le faire lui-même. Mais je ne veux pas qu'il le sache, pas plus que son père. Une certaine somme te sera versée tous les mois pour ton enfant, et j'espère que tu l'accepteras. J'espère aussi, Helen, qu'un jour tu m'autoriseras à voir mon petit-enfant.

Joan

Elle a une écriture abominable. J'ai l'impression de démêler un écheveau d'encre. Je n'ai pas tout compris à sa lettre, mais elle m'a fait pleurer. On aurait dit que quelqu'un m'avait enveloppée dans une couverture douillette au cours de la nuit.

Je ne pense à rien d'autre qu'à toi, qui ne cesses de me donner des coups de pied et de te retourner ces dernières semaines. Tu t'es mis en position pour sortir, la tête en bas, m'a appris hier la sage-femme. Tu vas bientôt avoir un voyage long et pénible à faire dans l'obscurité. Mais n'aie pas peur. Nous nous en sortirons tous les deux ensemble.

Je n'allai pas avant la mi-septembre acheter mes livres figurant sur la liste que j'avais reçue de Newcastle. J'aimais bien fouiner parmi les livres d'occasion, dénichant des exemplaires défraîchis de volumes reliés des poésies de Milton et de Shelley, de poètes dont je ne connaissais que les noms, qui étaient passés de main en main. Les pages étaient entièrement noircies de phrases soulignées, de notes au crayon, toutes d'écritures différentes, et brusquement, je me sentis rempli d'excitation à l'idée de rejoindre la longue lignée des étudiants venus des siècles passés, d'époques révolues. J'imaginais les moines dans la pénombre de leurs cellules glaciales, penchés sur leurs manuscrits, j'entendais le crissement des plumes sur les parchemins... J'achetai un exemplaire en cuir rouge d'un poème ancien, *Beowulf*, écrit en anglo-saxon. Je n'en compris pas un traître mot.

S'il était une chose à laquelle je ne m'attendais vraiment pas, c'était de trouver ma mère à la maison en rentrant chez moi cet après-midi-là. Je ne savais absolument pas quoi lui dire. Je m'apprêtais à monter directement dans ma chambre quand j'entendis sa voix dans la cuisine. Un frisson me parcourut des pieds à la tête : l'effet de la surprise probablement. Je montai au premier pour essayer de me remettre de mes émotions avant d'aller la voir. Je l'entendais rire tout fort dans la cuisine, en dessous. Je n'y comprenais rien ; je ne comprenais pas pourquoi elle était là, ni pourquoi cela me troublait tellement de la savoir ici, chez nous. J'étais incapable de trouver quelque chose à lui dire. Peut-être, je dis bien peut-être, avait-elle l'intention de revenir vivre avec nous. Avais-je envie de cela ? Non, pas maintenant. Je me sentis triste, frustré, mécontent, mais surtout triste, triste à pleurer. C'était trop tard. Quand j'étais un petit garçon de dix ans, je voulais de toutes mes forces que ma mère revienne à la maison, et si l'on m'avait demandé pourquoi, j'aurais répondu que c'était parce qu'elle aurait veillé à ce que mes affaires de gymnastique soient propres et prêtes pour le mercredi, ne m'aurait pas laissé aller chez les louveteaux sous la pluie battante et ne m'aurait pas grondé si j'avais saigné du nez. J'aurais peut-être dit aussi que papa ne serait pas resté des heures entières, tous les soirs, la tête dans les mains. Guy n'aurait pas eu besoin de pleurer pour s'endormir. Il était trop tard à présent. Rien ne serait jamais plus comme avant.

Je ne comprenais rien à mon attitude. Je voulais bien écrire des lettres à ma mère, lui parler au téléphone, passer la voir dès que l'envie me prendrait. Mais je ne voulais pas la voir en train d'éplucher des oignons dans notre cuisine, s'allonger sur notre canapé pour regarder la télévision, sortir de la chambre de papa avec sa robe de chambre à lui sur le dos.

Je fis un brin de toilette, enfilai un tee-shirt présentable et descendis au rez-de-chaussée. Un brouhaha confus de voix et de rires venait de la cuisine ; il s'arrêta net dès que j'eus ouvert la porte. On aurait dit que je l'avais écrasé derrière, contre le mur. Ma mère était là, superbe. Son mec était là, lui aussi. Et papa, coupé en plein élan dans ses histoires de Guy et de son télescope. Je les dévisageai les uns après les autres. Jill était assise à côté de papa. J'avais complètement oublié qu'elle et maman étaient sœurs. Quant à Guy, perché sur un tabouret, il faisait de l'œil au chat.

– Bonjour, dis-je d'un air gêné, comme un gamin de six ans qui aurait fait irruption dans une réception de grandes personnes.

Don poussa vers moi un verre rempli de bulles. Ce devait être du champagne. J'ai horreur de ça. Tous les regards convergèrent sur moi tandis que je levais mon verre et buvais une gorgée.

– Buvons à..., commençai-je, prêt à dire n'importe quoi pour meubler ce silence.

– À notre divorce, acheva ma mère.

– Je ne pige pas, dis-je.

– Mais si, tu piges, dit Guy, petit hibou sérieux aux yeux malicieux, blanc comme un linge.

Mais non, je ne comprenais pas. Je ne comprenais pas pourquoi ces mots les poussaient à me sourire, à me faire répondre à leur sourire, alors que j'étais le rabat-joie de cette assemblée, le trouble-fête, tout ce qu'on voudra. Je ne voulais pas jouer à ce jeu-là, je n'en connaissais pas les règles.

– Ton père et moi, nous allons divorcer, dit ma mère.

– Eh bien, c'est formidable, rétorquai-je sèchement. Mais je croyais que c'était fait depuis longtemps.

– À notre mariage ! Trinque, Christopher.

Don me tendit la main. J'eus envie de faire une réflexion idiote sur le fait qu'il ne me plaisait pas suffisamment pour que je l'épouse, mais personne n'aurait compris.

– Je croyais que vous étiez déjà mariés, répondis-je sans prendre sa main. Je suppose que ce n'était que de l'entraînement, alors ?

Ils éclatèrent tous de rire, comme si j'étais le clown que tout le monde attendait.

– Cela signifie, expliqua ma mère, que Don et moi avons longuement et soigneusement pensé au mariage et à ses conséquences. Nous savons aujourd'hui que nous sommes prêts à franchir ce pas.

Je regardai papa.

– Et je sais qu'ils sont faits l'un pour l'autre, dit-il.

J'avais compris : il la laissait partir.

Je levai mon verre et le vidai d'un trait. J'eus un renvoi. Je me sentais très ivre, mais pas du tout à leur manière joyeuse et familière. Je leur serrai la main à tous, même à Guy, puis enjambai toutes leurs jambes et sortis dans la cour. Je lançai à toute volée mon verre contre le mur.

C'était superbe, la façon dont cette coquille parfaite explosa et vola en éclats, telles des milliers d'étoiles filantes s'élevant dans le ciel avant de retomber à terre.

C'est curieux de pouvoir passer des années et des années en laissant à d'autres le soin de vous dire ce qu'il faut penser, comment s'habiller, ce qu'il faut manger, ce qu'il faut apprendre, comment il faut parler, et de s'apercevoir que du jour au lendemain on s'est débarrassé de ce filet de protection et qu'on est libre.

Les jours suivants, j'appris à mieux connaître ma mère et Don. Ils étaient descendus dans un hôtel du Derbyshire, où j'allai les voir plusieurs fois à vélo pour qu'on aille se promener ensemble. Je fus étonné de découvrir que je l'aimais bien, lui.

– Allez, Christopher, emmène-nous dans tes endroits préférés, proposa-t-il.

Cela ne me déplut pas du tout. Je me gardai bien de les emmener à la falaise que j'avais essayé d'escalader un jour, ni dans aucun des lieux que je fréquentais avec Helen. Je me les réserve. Mais je les fis monter au sommet de Burbage, et nous nous assîmes sous le pont pour admirer la vallée peinte aux couleurs chatoyantes de l'automne.

– Voilà toute mon enfance, maman, déclarai-je, indifférent au caractère éculé de ma remarque.

Je suis content d'avoir pu passer ces quelques jours avec elle. Je l'aime bien. Et je me suis aperçu que j'avais envie de l'appeler maman, et non plus Joan. Ce que je fis. C'est bien mystérieux, les noms.

Mais lorsqu'elle me posa des questions sur mes projets, je me tus. Mon avenir avait été décidé sans moi.

– Je n'ai pas parlé à Helen depuis la fin du mois de juin, dis-je.

– J'avais compris. Mais peux-tu oublier tout ce passé ?

– Penses-tu !

Je lui dis que je n'irais peut-être pas à Newcastle, que je prendrais mon sac à dos et que je ferais le tour du monde à vélo. Combien de kilomètres devrais-je mettre entre Helen et moi pour cesser de penser à elle ? S'il faut à la lumière moins d'une seconde pour faire le tour de la terre, me verra-t-elle de l'autre côté ? Et quelle est la vitesse du son ? Si je me mets au pied d'Ayres Rock et que je chuchote « Nell », m'entendra-t-elle dans ses rêves ? Si la voie est libre, qu'il n'y a ni moteurs, ni rires, ni cris, ni pleurs, peut-être l'entendra-t-elle. Europe, Afrique, Inde, Japon, Australie. Si je fais toute la vie le tour de la terre à bicyclette en criant son nom, cela servira-t-il à quelque chose ?

– Ça prend du temps, dit maman.

Quelques jours après le départ de Don et de maman pour le Nord, je reçus une lettre de Bryn. C'était une lettre très drôle, pleine d'extraits de poèmes et de dessins amusants. Il y en avait des pages. Elle termine en me demandant de passer la voir un jour, quand elle sera à Leeds. « Tu me manques », disait-elle. C'est dur de lire une chose pareille. J'étais maintenant sûr de ce qu'il m'avait semblé deviner lorsque nous étions en France tous les deux, et à la façon dont elle m'avait regardé le jour où elle est venue à Sheffield. Je me souviens aussi de son comportement après qu'on eut croisé Helen et Ruthlyn dans la rue. Je me rappelle maintenant comment je me suis baissé pour la laisser descendre de mes épaules ; puis j'ai enfoncé les mains dans mes poches et je suis rentré directement chez moi, la tête près d'exploser. Elle et Tom m'ont couru après et m'ont accompagné. Je me souviens que Bryn devait courir pour rester à ma hauteur et moi, je la chassai de mon chemin, comme on repousse une guêpe qui vous tourne autour. Mais ce n'était pas sa faute. Je me retournai pour le lui dire : elle me regarda sans bouger, son visage souriant levé vers moi, mais troublée et navrée et, pour une raison inconnue, je me penchai vers elle et lui fis un baiser, un baiser amical pour lui faire comprendre qu'elle n'y était pour rien. Alors on est allés acheter des frites et on l'a accompagnée à la gare. Je vis à la façon dont elle me dit au revoir qu'elle se sentait au contraire tout à fait responsable et, en outre, que nous étions plus que de simples amis, tout au moins en ce qui la concernait. Je ne lui avais pas écrit pourtant, et je n'avais pas eu de ses nouvelles. J'avais pensé à elle. Tout est terminé.

Et sa lettre arriva, toute vibrante et pétillante. J'entendais son rire et sa voix dans chaque mot que je lisais. Je savais que les choses ne se passeraient jamais comme elle le désirait. J'étais trop blessé, lié à quelque chose dont je ne pouvais pas me débarrasser, dont je ne voudrais jamais me débarrasser, comme les fils d'une toile d'araignée indestructible.

Alors voici ce que je fis : je lui écrivis que je l'aimais beaucoup mais que je jugeais préférable qu'on ne se revoie plus. Je savais que cela la ferait souffrir, et je ne me sentis pas mieux pour autant. C'était méchant, mais c'était la seule chose à faire.

30 septembre

Cher inconnu,

Je me sens dans un drôle d'état ce soir. Affreux. Je peux à peine marcher. Tu es descendu tout en bas de mon ventre. Tourné, prêt pour l'action. Ce n'est pas mon cas. Je n'ai qu'une envie, c'est dormir très, très longtemps. Si tu es ponctuel, tu seras là dans quelques jours.

Je suis grasse, une vraie motte de beurre. Je ne me reconnais pas ces temps-ci. Il était une fois une jeune fille qui s'appelait Helen et qui était danseuse. Elle pouvait faire le grand écart et ployer la taille. Quelle taille ? Alors elle s'est transformée en une grosse chenille, qui est devenue une chrysalide, après quoi elle a sombré dans un sommeil profond. Alors sa marraine la fée, qui était sage-femme, est venue la voir et lui a dit : « Cendrhelen, tu vas aller à l'hôpital. Tu vas sortir de ta chrysalide. » Mais ce qui est amusant dans cette histoire, c'est qu'il ne sortira pas qu'un seul et unique papillon, agitant ses ailes transparentes et fragiles. Il y en aura deux : toi et moi. Mais ce qui est triste dans cette histoire, c'est qu'il n'y aura pas de prince charmant. Il n'y aura pas de prince du tout.

J'aimerais que tout cela soit fini.

Mon Dieu, j'en ai vraiment par-dessus la tête.

La veille de mon départ pour Newcastle, je suis allé m'acheter un jean neuf. Il était très bizarre, sans trous aux genoux. Maman m'avait donné de l'argent pour m'acheter une espèce d'édredon, entre autres choses, mais je n'en ai pas besoin. J'ai fait un peu les vitrines, cherchant un certain tissu bleu pâle aérien qui me rappelât la robe qu'Helen portait la dernière fois que nous sommes allés danser ensemble. Le vers d'un poème me revint en mémoire : « Il voudrait avoir les voiles du ciel », tel est son titre. C'est un des textes du poète irlandais, Yeats, que nous avait lus Hippy Harrington ; je le connais par cœur. Il a raison, Hippy : il faut apprendre les poèmes par cœur ; c'est le seul moyen de se les approprier, dans un certain sens.

Si j'avais les voiles brodés du ciel,
Ourlés de lumière d'or et d'argent,
Les voiles bleus et pâles et sombres
De la nuit, de la lumière, de la pénombre,
J'étendrais ces voiles sous tes pas ;
Mais moi qui suis pauvre n'ai que mes rêves ;
J'ai étendu mes rêves sous tes pas ;
Marche doucement car tu marches sur mes rêves.

J'ai acheté une carte postale et j'ai recopié le poème. Aucun besoin de signer. Je suis allé jusqu'à sa rue, porté par le rythme de ces mots comme une musique. Je pensais que je la verrais peut-être et pourrais lui dire au revoir, simplement. Il n'est pas question que je téléphone de nouveau pour me faire raccrocher au nez ; c'est trop humiliant. Ils ont construit autour d'Helen un mur trop haut pour être franchi, trop épais pour être transpercé et trop profondément ancré dans le sol pour que l'on puisse passer en dessous ; tout cela est lié au fait qu'ils l'aiment, paraît-il. Je commence à comprendre maintenant ; mais c'est une drôle de façon d'aimer. Je passai devant la maison, en la regardant sans la regarder vraiment. Elle était plus rutilante que jamais. Ils ont les moyens dans cette famille. C'est drôle, je n'y avais jamais pensé auparavant.

J'ai horreur de ce silence. On dirait un bandage serré tout autour de ma bouche et de mes oreilles. Parle-moi.

Je me retrouvai à la bibliothèque où travaille le père d'Helen. Il sourit d'un air contrit en me voyant et vint à ma rencontre, les mains derrière le dos.

– Comment va la guitare ?

J'étais sûr qu'il allait dire ça.

– Très bien. (Je regardai un instant par la fenêtre avant de me retourner vers lui.) Et comment va Helen, monsieur Garton ?

Il eut l'air un peu troublé. C'est un chic type, M. Garton. Il a toujours peur de blesser les gens. Mais là, il savait que c'était un sujet tabou et il était pris au dépourvu.

– Elle est très grosse, dit-il. Comme une patate !

J'eus du mal à avaler ma salive.

– Je pars après-demain, monsieur Garton. Pourriez-vous..., pourriez-vous lui remettre ça ?

Je lui tendis la carte postale.

On aurait dit que j'avais sorti de ma poche un serpent vivant pour le lui glisser dans la main et qu'il ne savait pas quoi en faire : le piétiner ou le faire disparaître dans ses poches ou le tenir à bout de bras pour l'admirer. Je le laissai se débrouiller. Je ne lui serrai pas la main, comme j'aurais dû le faire, comme il aurait aimé que je le fasse, probablement. Il se serait senti plus à l'aise. Mais à mon avis, il est assez grand pour savoir ce qu'il faut faire avec les serpents.

30 septembre

Hier j'ai fait le ménage dans ma chambre, pour ton arrivée. J'ai enlevé tous mes livres des étagères ainsi que les petits animaux de cristal et de porcelaine que je collectionne depuis toujours, les masques et les éventails accrochés aux murs, et j'ai tout lavé et dépoussiéré. J'ai lavé toutes mes écharpes en soie. J'ai même décroché les rideaux pour les laver et je les ai fait sécher sur la corde à linge. Maman m'a aidée à les suspendre et je suis restée un moment à les regarder après que maman fut retournée dans la cuisine. Ils se soulevaient et battaient comme des ailes d'oiseaux avides de liberté. J'eus l'impression de m'élever avec eux dans les airs. Je rentrai dans la cuisine pour déjeuner avec maman ; nous étions toutes les deux assises près de la fenêtre et contemplions sans mot dire ces grandes ailes gonflées par le vent. Mais nous nous sentions proches l'une de l'autre.

30 septembre

Il y a quelques minutes, j'ai senti une espèce de crampe qui montait de la base de ma colonne vertébrale, tout droit, et irradiait alentour. Il me sembla qu'elle avait gagné tout mon corps et au moment où je crus mourir de douleur, elle disparut.

Je n'ai pas peur. Je sais exactement ce que c'est.

Cela signifie que tu es en train d'arriver.

J'ai fait mon lit. J'ai posé ma valise à la porte : elle est prête.

Je ne vais rien dire à maman jusqu'à la prochaine contraction. Cela peut durer des heures, et même des jours, m'a dit la sage-femme. Je voudrais que l'on soit prêts tous les deux, toi et moi. Je voudrais que l'on soit calmes et prêts.

Respirons lentement, tous les deux. J'ai l'impression d'entendre ton cœur battre, au loin, dans mes veines.

En voilà une autre. Elle monte, monte. C'est une gigantesque vague qui va m'engloutir. Ne me laisse pas me noyer. Tiens bon. Ne me laisse pas me noyer.

Je sais que tu arrives.

Je ne m'en suis pas aperçue, mais j'ai crié tout fort : « Maman ! Maman ! » Elle est entrée en courant dans ma chambre et quand j'ai essayé de venir vers elle, j'ai senti quelque chose s'écouler de moi. Elle m'a prise dans ses bras et m'a tenue serrée contre elle pendant la contraction suivante. Nous l'avons endurée ensemble. J'avais l'impression de naître une deuxième fois. J'ai crié très fort tandis qu'elle m'étreignait et partageait ma douleur.

Elle est en train de téléphoner à une ambulance, en bas. Je n'arrête pas de trembler.

Papa jouait du piano. C'est sa manière à lui de participer. Tu l'as entendu ? C'est une chanson de bienvenue. Maman lui a demandé de cesser de jouer. Il est monté dans ma chambre et a attendu sur le seuil. On m'avait installée sur mon lit avec des coussins dans le dos, en attendant que l'ambulance, ou la sage-femme, arrive. Je me remis à trembler en voyant papa.

Il s'approcha de moi et sortit quelque chose de sa poche.

– Je crois que je peux te donner ça maintenant, dit-il. C'est de la part de Chris.

Quand il fut redescendu et qu'il eut retrouvé son piano, je lus la carte. Je l'approchai de la fenêtre et la contemplai à la lueur du réverbère. J'entendais la voix de Chris, la légère hésitation qu'il avait en me lisant un poème. Je me retournai à un petit bruit près de la porte et découvris Robbie l'air important, et à la fois timide et effrayé. Il entra dans ma chambre comme si j'étais à l'article de la mort.

– Je suis venu voir si je ne pouvais pas faire quelque chose pour toi, dit-il.

Si je n'avais pas eu si mal, je crois que j'aurais souri. Mais il pouvait bel et bien faire quelque chose pour moi.

– Robbie, tu accepterais de porter quelque chose à Chris de ma part ?

Alors il alla sortir sa bicyclette du hangar, ma Mercury, pendant que je préparais le paquet. Cher inconnu. C'est la dernière lettre que je t'écris.

Octobre

Je montai le paquet dans ma chambre où je l'ouvris. Ce n'était qu'une liasse de lettres. Elles commençaient toutes de la même façon : Cher inconnu.

Est-ce donc tout ce que je suis pour elle aujourd'hui ?

Je m'assis sur le lit, le cœur gros, et entrepris de les lire dans l'ordre. Elles me ramenaient au mois de janvier dernier.

Quand j'eus terminé ma lecture, je me sentis comme suspendu dans l'espace. Il n'y avait plus d'air autour de moi, rien que de l'obscurité, glaciale, vide et infinie. Je descendis pesamment l'escalier. Papa et Jill étaient encore en train de regarder un film à la télévision. Mon sac était là, calé contre le mur, bouclé et prêt pour Newcastle. Il était presque minuit.

– Le bébé est en train d'arriver, leur annonçai-je.

Je les laissai bouche bée et sortis dans la cour. L'air frais me réveilla. Je sortis tant bien que mal ma bicyclette de la remise, bousculant au passage l'escabeau, renversant un sac de pommes de terre et des pots de peinture vides. Je filais directement à l'hôpital, tellement obnubilé par cet objectif que j'avais l'impression d'y être attiré par un aimant. Je ne crois pas avoir pédalé plus vite que ce soir là. J'abandonnai ma bicyclette dans un buisson et me précipitai à l'accueil.

– Où est Helen ? demandai-je à la réceptionniste.

J'étais incapable de me souvenir de son nom de famille ! Quand enfin il me revint, la dame m'indiqua le numéro de sa chambre. Je courus dans un labyrinthe de couloirs encombrés de tables roulantes et de civières. J'arrivai à une toute petite salle et m'appuyai contre le mur du couloir, cherchant par tous les moyens à reprendre ma respiration. Pourvu qu'elle aille bien ! Pourvu qu'elle aille bien !

J'ouvris la porte. Les parents d'Helen étaient là, debout autour de son lit. À mon entrée, ils se retournèrent et me regardèrent fixement. La chambre se mit à osciller comme le balancier d'une horloge. Mes jambes refusaient de me porter. Mon souffle ne parvenait plus à sortir de ma gorge.

M. Garton recula, et je réussis à approcher du lit. Helen souriait. Elle était pâle, fatiguée, mais souriait.

– Chris, dit-elle. Regarde.

Je vis quelque chose de minuscule, tout rouge,

tout fripé, endormi, respirant calmement, une incroyable présence immobile dans la pièce.

C'est pourquoi, dans ma chambre d'étudiant de Newcastle, j'écris ces lignes pour toi, Amy. Ton nom veut dire « aimée » ou encore « amie », nous l'avons choisi ensemble. C'est ton histoire, tu dois la connaître. Un jour dans très longtemps, tu la liras et tu reconstitueras le puzzle de tous les éléments qui ont participé à ta venue au monde.

Un jour, j'espère que je pourrai faire vraiment ta connaissance. Pour l'instant, je ne sais que le début de ton histoire. Quand je t'ai vue, le jour de ta naissance, à l'hôpital, je me suis aperçu que durant tous ces mois de séparation, loin d'Helen, je n'avais pas une seule fois pensé à toi. TU étais l'inconnu, tu n'étais rien ni personne. C'était à Helen que je pensais, jour et nuit, nuit et jour. Je voulais être auprès d'elle, la tenir dans mes bras. Je voulais que tout soit comme avant. Mais quand enfin je réussis à la voir, tu étais là. J'ai été frappé par ton importance et ta vulnérabilité. La simple idée de te prendre dans mes bras ou même de te toucher m'affolait, tant tu étais petite. J'essayai en vain de te regarder et de dire : « Elle est à nous. » Je me sentais faible. Je voulais me cacher de toi.

Helen a raison : je ne suis pas prêt pour toi, ni pour elle. À vrai dire, je ne suis même pas prêt pour moi.

Novembre

Cher Chris,

Je suis exactement où j'ai envie d'être à ce moment de ma vie. Je pense souvent à toi, tendrement, et j'espère que toi aussi tu es heureux.

Aujourd'hui, ma grand-mère est venue à la maison. Ça n'a pas été facile pour elle de venir, je le sais. Nous sommes restées ensemble dans le salon : Nan assise sur une chaise, maman près de la fenêtre, et moi dans le fauteuil bas pour pouvoir allaiter Amy. Nan n'a pas dit grand-chose, mais ce n'est pas particulièrement surprenant de sa part. Elle s'est contentée de me regarder, en hochant tristement la tête, comme d'habitude. Quand j'ai eu fini de nourrir Amy et que j'étais sur le point de la remettre dans son berceau, repue et somnolente, maman est venue vers moi et me l'a prise des mains. Elle l'a simplement embrassée, puis elle a traversé la pièce et l'a déposée dans les bras de Nan.

C'était un peu comme si Amy était un fil ténu que l'on passait à travers un vêtement et qui, au fur et à mesure, effaçait déchirures et déchirements.

Vous qui avez aimé Cher inconnu, vous adorerez ces autres héroïnes de caractère en **Pôle fiction** :

13 PETITES ENVELOPPES BLEUES

de Maureen Johnson

Ginny découvre, à la mort de sa tante adorée, 13 petites enveloppes bleues, comme autant de signes dans un jeu de piste. Voici la jeune Américaine partie pour un grand voyage à travers l'Europe. À Paris, Londres ou Rome l'attendent la vie et l'amour.

CODE COOL

de Scott Westerfeld

Suivez Jen, innovatrice de génie, et Hunter, traqueur de cool, dans une course-poursuite rocambolesque à travers New York. De mystère en suspense, ils nous entraînent dans un univers logotomisé dont personne ne sortira indemne !

Extrait

13 petites enveloppes bleues

Chère Ginger,

Je n'ai jamais beaucoup aimé les règles. Tu le sais. Alors tu vas sans doute trouver bizarre que cette lettre soit remplie de règles que j'ai établies et que je veux que tu suives.

Tu dois te demander : « Les règles de quoi ? » Tu as toujours posé de bonnes questions.

Tu te souviens du jeu « Aujourd'hui, j'habite en... » que nous faisions quand tu étais petite et que tu venais me voir à New York ? (C'était le « Aujourd'hui, j'habite en Russie » que je préférais, je crois. On jouait toujours à celui-là en hiver. On allait voir la collection d'art russe au Metropolitan Museum, on marchait dans la neige à Central Park. Ensuite, on allait manger dans ce petit resto russe du Village, où il y avait de délicieux légumes marinés et un drôle de caniche sans poils qui restait assis près de la fenêtre et aboyait sur les taxis.)

Je voudrais que nous jouions à ce jeu encore une fois – mais de façon un peu plus littérale. Aujourd'hui, ce sera : « J'habite à Londres. » Comme tu le vois, j'ai glissé mille dollars en liquide dans cette enveloppe. De quoi payer un passeport, un aller simple New York-Londres et un sac à dos. (Garde quelques dollars pour le taxi jusqu'à l'aéroport.)

— — — — — — — — — — — — — —

Quand tu auras réservé ton billet, fais ton sac et dis au revoir à tout le monde, je veux que tu ailles à New York. Plus précisément, je veux que tu te rendes à *La Quatrième Nouille*, le restaurant chinois au-dessous de mon ancien appartement. Quelque chose t'y attend. Ensuite, va directement à l'aéroport.

Tu vas partir pour plusieurs semaines et voyager dans des pays étrangers. Voici les fameuses règles qui vont guider ton voyage :

Règle numéro 1 : Tu ne dois emporter que ce qui tient dans ton sac à dos. N'essaie pas de tricher avec un sac ou un bagage à main.

Règle numéro 2 : Tu ne dois emporter ni guides de voyage, ni guides de conversation, ni aucune aide pour les langues étrangères. Et pas de revues.

Règle numéro 3 : Tu ne peux pas prendre d'argent en plus, ni de carte de crédit, de débit, de chèques de voyage, etc. Je me charge de tout ça.

Règle numéro 4 : Pas d'expédients électroniques. Ce qui signifie pas d'ordinateur portable, de téléphone portable, de musique ni d'appareil photo. Interdiction de téléphoner chez toi et de communiquer avec les États-Unis par Internet ou par téléphone. Les cartes postales et les lettres sont acceptées et encouragées.

C'est tout ce que tu as besoin de savoir pour l'instant. Rendez-vous à *La Quatrième Nouille*.

Je t'embrasse,

Ta tante en cavale.

— — — — — — — — — — — — — — — — —

BERLIE DOHERTY est née à Liverpool, et vit à Sheffield en Angleterre. D'abord enseignante, elle a travaillé à la rédaction de programmes scolaires pour la radio. En plus de ses romans pour la jeunesse et pour adolescents, elle est l'auteur de romans pour adultes, dont *Requiem*, et de plusieurs pièces de théâtre. Elle écrit également pour la télévision.

Retrouvez Berlie Doherty sur son site internet :
www.berliedoherty.com

Dans la collection

Pôle fiction

filles

Quatre filles et un jean, Ann Brashares
Le deuxième été, Ann Brashares
LBD - Une affaire de filles, Grace Dent
13 petites enveloppes bleues, Maureen Johnson
Mon nez, mon chat, l'amour et moi, Louise Rennison
Le bonheur est au bout de l'élastique, Louise Rennison
Code cool, Scott Westerfeld

fantastique

Genesis, Bernard Beckett
Felicidad, Jean Molla
Le Combat d'hiver, Jean-Claude Mourlevat
Le Chaos en marche - La Voix du couteau, Patrick Ness

Le papier de cet ouvrage est composé de fibres naturelles, renouvelables, recyclables et fabriquées à partir de bois provenant de forêts plantées et cultivées expressément pour la fabrication de la pâte à papier.

PAO : Karine Benoit
Photo de l'auteur © D.R.

ISBN : 978-2-07-069607-9
Loi n° 49-956 du 16 juillet 1949 sur les publications destinées à la jeunesse
Premier dépôt légal : novembre 2010.
Dépôt légal : décembre 2012.
N° d'édition : 251147 – N° d'impresssion : 178239.
Imprimé en France par Maury Imprimeur - 45330 Malesherbes